推薦文、作家による作家の

全集内容見本は名文の宝庫

中村邦生 編

風濤社

安部公房●有吉佐和子●池部良●石川淳●糸井重里●井上ひさし●井上靖●井上陽水●井伏鱒二●内田樹●内田百閒●宇野浩二●円地文子●大江健三郎●大岡信●大庭みな子●岡本太郎●開高健●加藤典洋●川端康成●川本三郎●菊池寛●ドナルド・キーン●久世光彦●倉橋由美子●黒柳徹子●小池昌代●小池真理子●幸田文●河野多恵子●小島信夫●佐多稲子●サトウ・ハチロー●沢木耕太郎●椎名誠●塩野七生●志賀直哉●篠田正浩●司馬遼太郎●澁澤龍彦●島田雅彦●庄野潤三●新藤兼人●鈴木清順●曽野綾子●孫文●高橋和巳●高橋源一郎●高村光太郎●瀧口修造●武田泰淳●武田鉄矢●谷川俊太郎●田村隆一●多和田葉子●徳田秋声●富岡多恵子●永井荷風●永井龍男●中村真一郎●丹羽文雄●萩原朔太郎●埴谷雄高●平野啓一郎●平野謙●古井由吉●松谷みよ子●丸谷才一●三井嫩子●村上春樹●村上龍●群ようこ●森敦●八木義德●安岡章太郎●柳田國男●山田風太郎●山本有三●横光利一●吉田秀和●吉本隆明●吉本ばなな●吉行淳之介●淀川長治

芥川龍之介全集・有島武郎全集・石川淳全集・石川啄木全集・井伏鱒二全集・色川武
大 阿佐田哲也 全集・ポオル・ヴァレリイ全集・植草甚一スクラップ・ブック・宇野浩
二全集・宇野千代全集・ヴァージニア・ウルフ著作集・大江健三郎同時代論集・大岡
昇平集・大庭みな子全集・岡本かの子全集・小川国夫作品集・開高健全集・梶井基次
郎全集・金子
文全集・ゴー
ゴリ全集・小
集・坂口安吾全
集・島尾敏雄
全集・武田泰
淳全集・武田
造全集・潤一
郎訳 源氏物語
江全集・筒井
康隆全集・
集・永井龍男
全集・中里
全集・中山義
秀全集・漱
雄文学全集・
萩原朔太郎全
作品集・樋口
一葉全集・
・アナトオル・
フランス短篇
全集・堀辰雄全
集・牧野信一
・ノーマン・メイ
ラー全集・
・山崎正和著
作集・山本周五郎全集・夢野久作全集・横光利一全集・蕪村全集・吉田健一著作集・
吉本隆明〈未収録〉講演集・吉本隆明全集・吉行淳之介全集・オスカー・ワイルド全集

ないようみほん【内容見本】

主に書籍類で、趣旨・内容や推薦文・組み体裁などを示した宣伝用の小冊子。

（『大辞林』第三版、三省堂）

はじめに

「この人を見よ」の声のつどい

新しい本を手にしたとき、「あとがき」を先に読む人は意外に多い。それに比べ「まえがき」から目を通す人は、なぜか少ないと聞く。しかし人それぞれの読書の習いは措くとして、本書の特殊な成立の事情から、以下の二つの事柄はぜひとも「はじめに」述べて置かなければならない。

1　本書は作家が作家に寄せた推薦文のアンソロジーである。

2　各推薦文は、さまざまな個人文学全集の「内容見本」に出典を持つ。

「内容見本」と聞いても、おそらく若い読者の方々は、ごぞんじないかもしれない。まずは前ページの『大辞林』の説明をごらんいただきたい。要するに全集刊行に当たって、各出版社が販売促進と予約を募る目的で発行する宣伝用のパンフレットだ。そこには刊行の趣旨、推薦文、全巻の内容、総目録、刊行順、発行予定月日、予約方法、場合によっては全巻予約の特典の案内などが記されている。

文学全集のなかでも、とりわけ作家や詩人たちの個人全集の「内容見本」は、〈ライターズ・オン・ライターズ〉、すなわち作家による作家の充実した推薦文が掲載されている。

「内容見本」に掲載された推薦文は、驚くべき名文の宝庫である。隠れた文化的鉱脈に眠っていた、まばゆいほどの光彩を放つ文章の数々と執筆者たちなのだ。ところが、この貴重な文書は、公立図書館でも大学図書館でも積極的な保存対象ではなく、古書店を探しても簡単に入手できない。ほとんど処分されたに等しい。私は「つれづれの記――あとがきに代えて」で触れた経緯で、たまたま「内容見本」を収集してきた。今回、そうした「内容見本」（一部は東京駒場の日本近代文学館でのリサーチを含む）の中から、私自身の好奇心や求知心が赴くまま、思考を刺戟し気分の浮力を誘い出す、作家の作家による推薦文を選び、採録を試みた。

結果、驚くほど多彩で魅力的な推薦文のつどう、言葉の宴が出現した。比喩的な修辞にあふれる讃嘆、独自の作風を巧みに記すミニ作家ガイド、意外な一面を伝える出会いのエピソード、思い出をたどるエッセイからにじみ出る敬愛など、書き方は多岐にわたるが、いずれも作家・詩人への共感に寄り添って、読者それぞれに深く思いをさそう。推薦する人と推薦される人との意外な組み合わせに驚きを覚え、にわかに新たな読書への意欲が鬱勃として起こることも多々あるかもしれない。

作家による作家の推薦文の書だが、文学者のみならずさまざまな表現媒体で独自の活動を展開する方々の推薦文も積極的に紹介した。「この人を見よ」の声は、推薦される文学者はもちろんのこと、推薦文を寄せる表現者自身にも響きわたる。

読者はどこからでも気ままに読み進めたり、飛ばし読みをしたり、あるいは巻末の作家一覧を索引として用いながら、関心のある作家から読み始めることもできるであろう。本書を推薦文のプロムナードとして、気楽に言葉の散策を楽しんでいただきたいと思う。

編者

目次

はじめに　「この人を見よ」の声のつどい　3

I

懐しい漱石　山田風太郎　20　『漱石全集』岩波書店
荷風の女　富岡多恵子　22　『荷風小説』岩波書店
（『〈決定版〉梶井基次郎全集』に寄せて）　川端康成　24　『〈決定版〉梶井基次郎全集』筑摩書房
のれんの歳月　永井龍男　26　『吉田健一著作集』集英社
おだやかな言葉の魔法　井上ひさし　30　『藤沢周平全集』文藝春秋
曲がりなりにも　井上陽水　33　『色川武大 阿佐田哲也 全集』福武書店

道造の「青い火」　小池昌代　64　『立原道造全集』筑摩書房
草野心平頌　谷川俊太郎　66　『草野心平全集』筑摩書房
単独者の眼　田村隆一　68　『金子光晴全集』中央公論社
おびえながら放たれてくる微光　吉本隆明　70　『小川国夫作品集』河出書房新社
二葉亭の印象　徳田秋声　72　『二葉亭四迷全集』岩波書店
永井龍男の作品　井伏鱒二　74　『永井龍男全集』講談社
「鯉」を読んだ頃　安岡章太郎　77　『井伏鱒二全集』筑摩書房
父と全集　吉本ばなな　80　『吉本隆明全集』晶文社

II

宇宙論的な正確さ　大江健三郎　86　『草野心平全集』筑摩書房

菊池寛自選の全集に　山本有三　88　『〈定本〉菊池寛全集』中央公論社

鷗外全集をよむ　永井荷風　91　『〈新輯定版〉鷗外全集　著作篇』岩波書店

漱石全集を薦す　志賀直哉　94　『漱石全集』岩波書店

芥川龍之介全集に寄す　石川　淳　97　『芥川龍之介全集』岩波書店

（『〈新版〉荷風全集』に寄せて）　川本三郎　100　『〈新版〉荷風全集』岩波書店

出版史上の快挙　司馬遼太郎　102　『蕪村全集』講談社

邂逅の記憶　安岡章太郎　104　『山川方夫全集』筑摩書房

室生邸　幸田　文　107　『室生犀星作品集』新潮社

切れすぎる　開高　健　109　『山崎正和著作集』中央公論社

天才の本質的な活力　大岡　信　111　『〈復刻版〉石川啄木全集』筑摩書房

〝私にとって朔太郎は救いであった〟　吉行淳之介　114　『萩原朔太郎全集』筑摩書房

樋口一葉全集に寄せて　佐多稲子　116　『樋口一葉全集』筑摩書房

秋江のシタタカさの意味　小島信夫　118　『近松秋江全集』八木書店
武田文学の奥行き　井伏鱒二　120　『〈増補版〉武田泰淳全集』筑摩書房
介紹　南方熊楠君——犬養木堂宛　孫文　123　『南方熊楠全集』平凡社
食堂車での感想　丸谷才一　125　『吉田健一著作集』集英社
名人芸　大庭みな子　129　『幸田文全集』岩波書店
〈夢〉という名の娘を連れて　久世光彦　131　『牧野信一全集』筑摩書房
（『大江健三郎同時代論集』に寄せて）　井上ひさし　133　『大江健三郎同時代論集』岩波書店
青春の讃歌と挽歌　円地文子　135　『〈決定版〉堀辰雄全集』筑摩書房
なつかしい文学　八木義徳　137　『中山義秀全集』新潮社
長谷川四郎のこと　吉田秀和　140　『長谷川四郎全集』晶文社
（『埴谷雄高作品集』に寄せて）　高橋和巳　144　『埴谷雄高作品集』河出書房新社
小説とはかくも恐るべきものであるか！　武田泰淳　146　『中里介山全集』筑摩書房

III

イノサンスの怪物　澁澤龍彦　169　『オスカー・ワイルド全集』青土社
「ダロウェイ夫人」　庄野潤三　171　『ヴァージニア・ウルフ著作集』みすず書房
想像的合衆国の大統領　倉橋由美子　174　『ノーマン・メイラー全集』新潮社
楽しみな全集　黒柳徹子　176　『ヘッセ全集』新潮社
（『〈新版〉荷風全集』に寄せて）　新藤兼人　178　『〈新版〉荷風全集』岩波書店
桜吹雪の血の魅力　鈴木清順　180　『夢野久作全集』三一書房
身に滲む面白さ　池部　良　182　『田村泰次郎選集』日本図書センター
新たな武満との遭遇　篠田正浩　184　『武満徹全集』小学館
植草甚一大学　淀川長治　187　『植草甚一　スクラップ・ブック』晶文社
とにかく、胸の大きな男であります！　武田鉄矢　189　『坂口安吾選集』講談社
潤一郎訳幻想　河野多恵子　192　『〈愛蔵新書版〉潤一郎訳　源氏物語』中央公論社
（『筒井康隆全集』に寄せて）　糸井重里　194　『筒井康隆全集』新潮社

わたしだけの山川方夫　高橋源一郎　196　『山川方夫全集』筑摩書房

兇器の宝庫　安部公房　198　『〈増補〉石川淳全集』筑摩書房

あまりにも個人的な、あまりにも超個人的な詞　瀧口修造　200　『西脇順三郎全集』筑摩書房

魔法の旋律　沢木耕太郎　203　『立原道造全集』筑摩書房

丹羽文雄素描　永井龍男　205　『丹羽文雄文学全集』講談社

『遠野物語』の鮮烈さ　松谷みよ子　207　『〈決定版〉柳田國男全集』筑摩書房

（『西條八十全集』に寄せて）　サトウ・ハチロー　209　『西條八十全集』国書刊行会

忘れられてはならない作家　小池真理子　211　『〈河出文庫版〉高橋和巳コレクション』河出書房新社

命がけの跳躍　内田　樹　214　『吉本隆明〈未収録〉講演集』筑摩書房

日本の二十世紀に似合う文学者　加藤典洋　216　『〈決定版〉太宰治全集』筑摩書房

＊

「お面」と作家上林暁　井伏鱒二　240　『〈増補改訂版〉上林暁全集』筑摩書房

文学への一筋な歩み　森　敦　242　『〈定本〉横光利一全集』河出書房新社

鷗外知つたかぶり　丸谷才一　244　『鷗外全集』岩波書店

漱石全集は日本人の経典である　内田百閒　246　『〈決定版〉漱石全集』岩波書店

この全集の価値　横光利一　248　『〈定本〉菊池寛全集』中央公論社

文章千古の事　武田泰淳　250　『〈決定版〉中島敦全集』筑摩書房

「無限抱擁」　古井由吉　252　『瀧井孝作全集』中央公論社

風神の袋　石川　淳　254　『〈豪華普及版〉宇野浩二全集』中央公論社

十六歳の入選作　庄野潤三　256　『永井龍男全集』講談社

鈴木三重吉讃　宇野浩二　260　『鈴木三重吉全集』岩波書店

精神を直立させる確然たる規範　埴谷雄高　266　『大岡昇平集』岩波書店

吉田健一と英語　ドナルド・キーン　268　『吉田健一著作集』集英社

推薦文、作家による作家の

全集内容見本は名文の宝庫

＊収録にあたり、旧字旧仮名の作品は新字旧仮名に改めました。

I

★『漱石全集』全28巻 別巻1 補遺、岩波書店、一九九三－九九年、全集内容見本より

懐しい漱石

山田風太郎

漱石は懐しい。その小説はもとより、手紙、随筆、俳句、漢詩、絵、さらにその人柄まで懐しい。そのくせ一方では、漱石「先生」と呼びたくなる。あの世に漱石先生がいると思うと、なんとなく死ぬことまでうれしくなる。こんな感じをいだかせる人は、ほかにはない。

山田風太郎がどれほど漱石を敬愛してきたか、短篇小説「黄色い下宿人」やエッセイ「漱石のサスペンス」を読むだけでも納得するだろう。あの世に漱石先生がいると思えば、死ぬことまでうれしくなるほどなのだ。こんなことを言う人は、「あの世」に通じた（例えば「あの世の辻から」の一文など）風太郎しかいない。

★『荷風小説』全7巻、岩波書店、一九八六年、全集内容見本より

荷風の女

富岡多恵子

最近、久しぶりに荷風の小説をいくつか読みかえし、おおげさだが、かなしみでからだがよろける感じを味わった。

その小説にでてくる女たちへの、作者の親愛もしくは偏愛を「投捨てられた襤《らん》褸《る》の片《きれ》にも美しい縫取りの残りを発見して喜ぶ」だけで納得できない気がする。女が男から等身大で眺められ、友愛による交通さえ実現されるのは、なにごとなのか。かなしみは、人間の対等に架けられる幻想の模様なのではないか。

ともすれば、特殊に見られていた荷風の小説世界から、めずらしい書割りや大

道具小道具をとりのけると、仕方なく生きてゆかねばならぬひとびとが、死ぬまでのひとときを、仕方なく仲よく喋っている景色が見えるのである。

この文に心惹かれる理由をどのように説明したらいいだろうか。揺れ動く〈実感〉に重ねた荷風観が、魅力的にのぞく。最初の一行で読む者も「よろける感じ」を味わってしまう。最後のパラグラフに反復される「仕方なく」の副詞が、荷風への新たな読みを誘う。

★『〈決定版〉梶井基次郎全集』全3巻、筑摩書房、一九五九年、全集内容見本より

(『〈決定版〉梶井基次郎全集』に寄せて)

川端康成

梶井基次郎君とは、伊豆の天城山下の温泉で、しばらく共に暮したことがあつた。故人は私の女房が贈つた林檎の如きも、珠を磨くやうにつや拭きして、床の間に飾りて眺め、手紙を書くにも推敲を重ね、数日費した。名なき木草、小さい動物を見るにも、深き愛ありて、談笑裡に私の襟を正さしめた。故人は児女老婆とも諄々と終日語りて倦まず、かと思へば胸中悶悩の火に追はれて病軀夜半七里の山を越え、それらは純潔にして凄艶の作物に結晶した。一見厳格完成せる如くして、野性の生命の奔溢あり、頽廃にて健康、穏和にして苛烈、青き淵の底に匂

高き刃の閃きを見、水面に悠々白雲を写す趣ありて、その若き死は惜みて余りあるも、その文業は不滅の輝きを持ち、何よりも読者に自然人生への愛を呼びさまし、芸術の清さを思はせる点で、全集は机辺不離の書とならう。

林檎のエピソードが面白い。川端は若くして病没した梶井基次郎を知る数少ない文学者の一人。口語体と文語体の混交する、「頽廃にて健康、穏和にして苛烈……」と言ったオクシモロン（撞着語法）のたたみかけは、文の運びの快い上昇感がある。

★『吉田健一著作集』全30巻 補巻2、集英社、一九七八－八一年、全集内容見本より

のれんの歳月

永井龍男

出雲橋「はせ川」のことは、三十間堀の埋立てられたいまも、われらの間で時折り語り草になるが、堀がなくなれば橋もないのは道理で、あの辺へ行ってもちょっと見当のつかない場所になってしまった。

銀座の資生堂前から築地へ向って真直ぐ行くと三十間堀で、そこにかかった橋が出雲橋、俥に乗った新橋芸者がここを渡ってお座敷へ出向くのも、一つの風情であったが、そんなものはとうに姿を消した。

橋の袂の柳の蔭に、「はせ川」と行燈を下げた小料理屋があって、久保田万太

郎、横光利一をはじめもの書きがこの店へ、不思議に集った。開店したのが昭和の初めだから、ざっと五十年、徐々に徐々に顔触れが変りながらつい昨年頃までのれんを下げていたが、かんじんなおかみさんが疲れてしまって、場所はそのまま画廊に転向した。

吉田健一は、その第二期生というところか、毎晩顔を出す定連の一人であった。その当座は如何にも部屋住みという感じで音無しく、嚢中もわれら同様楽ではなさそうに見えた。三十間堀に向いて出窓があき、厚板に杉丸太かなんかの脚の卓が四つ、一つに四五人腰かけられた。声をかけて、来た順にそれへ掛けるから、酒がまわってくるとあっちでもこっちでも文学論が始まる。その頃から、吉田健一は立派な風貌をしていた。一杯入ると写楽の書いた役者の顔に似てきた。

その四脚の卓の一つに、いま思い出す一脚がある。ある日入って行くと、その厚板の上に刃物で彫った跡が生々しく残っている。誰の仕業か訊いてみたが、おかみさんは笑って答えぬ。頭文字を、ナイフで懸命に刻んだようにも見え、ある文字を掘り出して途中で止めたようにも見える五センチか六センチほどの、子供っぽい仕業であった。

　馬鹿なことをする奴だ、いったい誰がやったと当座はみんなの口に上ったが、それきりになってしばらくしてから、忘れた時分に吉田の健坊の仕業と聞いた。もうみんな、問題にもしなかったが、あれを彫るには夕方余程早く呑みに入らなければ、誰かしらに制止されるだろうし、独りでナイフを握ってのことだとすると、なにか言うにいわれぬ口惜しいことでもあっての上かと、私は想像した。

　三十年、三十五年、絶えず酒の気を吸ってきず跡も古り、はせ川が画廊に転業して間もなく、私どもは吉田健一の急逝に逢った。あの文字が、それ以来くっきり眼に浮んでくる。

　しきりに眼に浮んでくる。

小料理屋の卓の板の上に彫られた生々しい刃物の傷あと。誰のろうぜきか？　もちろん、「吉田の健坊」の仕業。この健ちゃんの稚気はまことに微笑ましい。作家が身を寄せる古き良き時代の小料理屋の懐かしい雰囲気も漂う。小説の一情景をも思わせるエピソードだ。

★『藤沢周平全集』全23巻、文藝春秋、一九九二－九四年、全集内容見本より

おだやかな言葉の魔法

井上ひさし

藤沢周平の作品を読むたびに日本語とはなんというすばらしいことばだろうとおもうのだ。読者の頭のなかをひとしきりごちゃごちゃ掻き回しそれっきり消えてしまうことばではなく、こちらの胸に静かに入ってきて、いつの間にか心の底に住みついている。烈しくはないがしなやかで、派手ではないが正確で、雄弁ではないが勁い。目立たないけれど空気や水のように自然で、読むたびにそうこれがまっとうな日本語だったと気づかされる。おだやかなことばの魔法で氏はわたしたちをとりこにしてしまうのだ。

そのことばが紡ぎ出す物語にも同じことが言えるとおもうのだ。天下のことに頭を悩ますような頭でっかちなどは慎重に除かれており、だれもが自分や身近な他人のささやかなしあわせを、そしてその日の空模様を気にしながら生きている人ばかり、彼らの涙も頬笑みもそして渋面もみな等身大で、やがて読者はここに書かれているのはもしや自分のことではないかと、鏡でも見ているような気分になってくる。悪役さえも自分と似ているのではないか。かくて藤沢物語はいつしか読者自身の物語にかかわるのだ。人びとが救われるとわたしたちもまた救われてほっとするが、それでいて気が付くと物語の規模は意外なほど大きい。これもまた氏の魔法なのだろうか。

　藤沢作品を読むたびに、わたしは日本語のすばらしさと人びとにたいするなつかしさとを静かに確認するのだ。

等身大の登場人物が「悪役さえも自分と似ているのではないか」と読者に思えてくるとは、確かにそうかもしれない。いつのまにか心の奥へ沁みとおる藤沢周平の日本語表現のすばらしさを、井上ひさしならではの逆説的な表現とおだやかなユーモアで記す。

★『色川武大 阿佐田哲也 全集』全16巻、福武書店、一九九一－九三年、全集内容見本より

曲がりなりにも

井上陽水

結局、人を惹き付けなければ話にならない。別に話にならなくても一向に構わないけれど、我々のような生き方をしている者が、さっぱり人を惹き付けないとなると、やっぱりなんだか、もの悲しい。

色川武大の仕事ぶりを良しとする評価はそこらで簡単に耳にすることが出来るし、彼の立ち振舞いについてとなると、それにもまして驚きや賞賛の声となって私の周囲に満ち溢れている。

少年としての、戦争に対する特異な反応、
浅草の芸人という領域の探索、
博打への過度な傾倒、
唐辛子で真赤になった、うどん、
異様な怠惰、
父親への深い固執、
生活者としての野望の成就、
徹底した個人主義に裏打ちされた、他者への配慮、
そして、突然眠る。

結局、人を惹き付けなければ話にならない。この話は私が色川武大に強く惹き付けられたから、こうやって曲がりなりにも出来上がった。

色川武大＝阿佐田哲也という特異な魅力を持った作家像を巧みに探り出している。とりわけ中間の詩句のように置かれた言葉は、ふと呟き声で復唱してしまう。「そして、突然眠る」で、この作家の宿疾を思う。「結局、人を惹き付けなければ話にならない」のだが、この推薦文は私たちを惹き付ける。

★『吉行淳之介全集』全17巻 別巻3、講談社、一九八三－八五年、全集内容見本より

吉行さんの風景

村上春樹

吉行淳之介氏の小説を読んでいると、時々ふと見知らぬ街に入り込んでしまったような気持になることがある。とてもリアルであるにもかかわらず、距離感がどうしても把めない——そんな風景の、そんな街だ。

もちろん吉行さん自身の姿もその街の中にあるわけだが、ある時間がくると吉行さんは「ま、今日はこのあたりで」という感じで消えてしまい、あとには読者が（あるいは僕が）ぽつんと残される。

吉行さんが消えてしまったあと、街の風景は少しずつ溶解して、それはやがて

僕の見知った日常の風景へと戻っていく。そういった移ろいゆく薄暮の風景が、僕は好きである。それから吉行さんが「ま、今日はこのあたりで」と言い出す頃あいのつかみ方も好きである。

そんな風に、僕は吉行さんの小説を時々「気持」だけで読んでしまう。そういう読み方のできる小説は他にいくつもあるわけではない。

薄暮の中を遠ざかる吉行淳之介の後ろ姿が浮かび上がる（若き日に私の在職していた出版社の社長の相談役だった）。村上春樹は『若い読者のための短編小説案内』で、「水の畔り」を取り上げ、不器用な文に新たな魅力を探り、いわゆる都会的で洗練された「ヨシユキ的」特質とは異なる、説得力のある読解が試みられている。

★『開高健全集』全22巻、新潮社、一九九一－九三年、全集内容見本より

過食系文学の代表選手

島田雅彦

文学にはダイエット系と過食系があって、後者の代表選手が開高健である。戦火の真只中でもしっかり食べ、飲んでいた氏は文学でも異常な食欲を発揮した。美文や鋭い感覚、論理で責めるダイエット系文学に対し、過食系文学はあらゆる言葉を節操もなく呑み込み、消化してゆく強じんな胃袋＝文体の持ち主のみに許されたジャンルだ。過食をしても消化不良を起こさず、後味さわやかな開高文学。

Bon appétit!

「過食系」と「ダイエット系」とは、言い得て妙な比喩だ。なるほど開高健はタフな胃腸に恵まれた作家であった。この比喩的分類は、応用的伝染性をもつ。たとえば、「過食系」がジョイス、ピカソ、「ダイエット系」がベケット、ジャコメッティとか。ほかにも作れそうだ。一貫したスタイルにこだわる「定食系」とか？

★『山崎正和著作集』全12巻、中央公論社、一九八一－八二年、全集内容見本より

女たちへ

塩野七生

これから書くことは、われわれ女たちにとっては特技でも、男性方には我慢のならないはずの非論理的な話だから、読むのは女だけにかぎること。

さて、女たちよ。世の中には、兄貴にしたらさぞかし理想的と思われる男たちがいることを思い起されたし。山崎正和氏は、人間的にも書くものでも、これと同じ感じを与える人なのである。明晰でいて情が豊かで、それでいながら精神のバランスも取れていて、私と同じでなにやらいつも混迷をもてあそんでいる感じの女から見ると、彼のような男性的な思考法の持主が時時忠告を与えてくれたら、

人生の霧もたちまち晴れるのではないかと思ってしまう。

それで、こういう人の作品に対するコツなのだが、対等の立場に立ち、筋道たてて理解しつくそうとすると、まず失敗する。だから、自分は少しは頭が良いと思っていてもそんなことは忘れ去り、無心になってページをめくりはじめるしかない。そうすると、五ページに一箇所ぐらいの割りで、こちらの頭にもピンと響くところが出てくる。そこを無理に知的に理解しようとしないで、書物を開けたままで、連想なり空想なりにふけるのだ。これをくり返しているうちに、知らぬ間に全集など読み終えている。

ただし、ここで止めてしまってはダメなのだ。二年ぐらい経ったら、再び読み返す。だから、人に借りて読んだりしてはダメで、三宅一生のシャツ一つ犠牲にしたつもりになって全冊を買うこと。そうすれば、われら非論理的な女たちも、真に男性的な山崎正和の世界を全身で味わうことができ、今開いた窓の向うに、レオナルドの描いたと同じ蒼空の見えることにも気づくはずである。

「読むのは女だけにかぎる」とはいえ、ひるまずに熟読。「兄貴」としての存在の意味、作品を読む「コツ」、そして最後のダメ押しと、すべて納得させられる。推薦文を寄せられる山崎正和の至福。男たちよ、めざすべきは「兄貴」にしたら理想的と思われる男なのだ。

★『〈決定版〉坂口安吾全集』全17巻 別巻1、筑摩書房、一九九八–二〇一二年、全集内容見本より

安吾が監視している

村上龍

小説を書くとき、坂口安吾に監視されている感じがする。中上健次にも似たところがある。彼らはわたしを監視している。もちろん文章の良し悪しや小説としての完成度を監視しているわけではない。坂口安吾が見張っているものを説明するのは難しい。古い言い回しをすれば予定調和を拒否できているか、ということだし、自分が小説を書くという行為が自明のものになってしまっていないか、ということでもある。日本的閉鎖性に知らず知らずのうちに取り込まれていないか、洗練という罠に陥りそうになっていないか、日本語の曖昧さを言葉自身のせいに

して疑うことを止めていないか、つまり厳密な思考を放棄していないか、過去の作品の外側を目指しているか、そういったことを、坂口安吾は監視する。

坂口安吾は誰よりも深く堕落について考えた作家でもある。坂口安吾にとっての堕落とは、疑うことを止めること、だったように思う。だから彼が常に注意していたのは、ありとあらゆるものとの仲間モードの拒否ということだった。言葉、すなわち想像力を駆使することで不断に仲間モードを拒否していくこと、その繰り返しの中で、至る所にある日本的な居心地の良さという罠を回避する的確な技術を身につけること。

坂口安吾の監視はもちろん不自由さを感じるものではない。収容所の看守のようなものではなく、離陸と着陸を見守る管制官のようなものだ。いずれにしろ、何かを強いるものではない。坂口安吾から監視されているという感覚は逆にわたしを自由にするのである。

意外にあるようでない視点で書かれている。安吾の「監視」は厳しくあるが、大事な一文は末尾にある。中上健次の名が挙げられているが、「監視する」作家として他に想定し得るのは、誰であろう。思いめぐらした末、坂口安吾はやはり別格の存在であることに気づく。

★『筒井康隆全集』全24巻、新潮社、一九八三―八五年、全集内容見本より

（『筒井康隆全集』に寄せて）

椎名　誠

二十歳あたりからずっとこっち、新聞の広告に「筒井康隆」の名前がでると「ワッ」と叫んで即座にその本や雑誌を買いに突っ走った。考えてみると僕の読書歴のこれまでに良くて「むむッ」悪くて「ケッ」という作家はわりあいいたが「ワッ」と言って突っ走るのはこの作家だけであった。筒井さんの全集は僕にとっては「ワッ」の集合体になるのだ。

筒井康隆の新刊の広告が出るや、「ワッ」と叫んで、すぐさま本屋へ買いに走る。せかせか浮き足立つような気分。擬声音（擬態音）を軽妙に配した椎名誠スタイルの愉快。「むむッ」や「ケッ」の系統とは別格の「ワッ」の作家としての筒井康隆へのブラボーがここにある。

★『大庭みな子全集』全25巻、日本経済新聞出版社、二〇〇九－一一年、全集内容見本より

突き放された人間の寂しさ

多和田葉子

「三匹の蟹」は複数の声の重なり合う立体音楽。わたしが今考えていることに呼応し、読み返す度に別の音楽が聞こえてくる。水鳥のガラスをひっかくような声や、鷗の不思議な目玉に、意識の奥に隠れた鳥的な部分を遠く目覚めさせられつつ、同時に動物には突き放された人間の寂しさを感じさせられる。由梨の家族、そしてその家に集まって来る客たちの交わす会話に緊張感があるのは、それが国際関係を映し出しているからだけでなく、誰もが性欲という他者を抱えてピリピリしているからだろう。その日だけ家庭を捨てた由梨の関係する男は、鮮明な桃

色のイメージを持ってふわっと現れ、その出会いによって学生時代の同性の恋人の熟れた苺の唇が思い出される。大庭文学は、肌触りや色彩や響きで世界をとらえながら、社会や文化の仕組みまでとらえてしまう。

短い文章ながら、代表作『三匹の蟹』の音と色のイメージを追い、大庭文学の感応的な特質を巧みに焦点化している。批評的な思考の動きとそれに伴う言葉の緊密感は、推薦のために寄せられた文であることを忘れさせるほどだ。

★『〈新編集・決定版〉石川淳全集』全19巻、筑摩書房、一九八九－九二年、全集内容見本より

孤立と豊饒

高橋源一郎

ぼくの本棚に最上位の席を与えられているのは、宮沢賢治と金子光晴の全集である。他とは隔絶した孤峰と呼ぶべき偉大な二人の詩人の遺した日本語の精華がそこにあり、乾いた時、泉に口をつけるように、ぼくは彼らの全集を繰り返しひもとき、勇気をふるいおこしてきた。そして、今度、その聖なる場所に新しく石川淳全集が加わることになったのである。詩と小説の違いにもかかわらず、またその環境と教養の違いにもかかわらず、この三人はなんと似ていることだろう。その孤立。その言葉の途方もない豊饒。前に先行者なく、後に模倣する者もいな

い。ただ、裾野からその高みをあおぎみるむすうの読者がいるのみである。

宮沢賢治、金子光晴に石川淳を加え、「孤立」と「豊饒」において三人が似ていると述べている。この発言自体、石川淳への新たな興味を喚起するであろう。誰が言ったことであったか。石川淳の文学への関心の在りかと強さが、作家としての力量のメルクマールになる、と。

★『菊池寛全集』全24巻、発行・高松市　発売・文藝春秋、一九九三－九五年、全集内容見本より

菊池寛の豊かな大きさ

大江健三郎

文学者の評伝を読むことが好きな僕は、自分でも一冊書いてみようと思いたったことがあった。選んだ相手は、菊池寛。地方の青年が東京で学び、しかも友人を救うためにエリート高校を追放される。京都で孤独に勉学をかさねて、おそらく同時代のもっとも高い外国文学の読書力を身につける。かれは小説家、劇作家として仕事をはじめる。

菊池寛の生涯の出来事は、まことに評伝にふさわしかった。右にあげたのは生涯の出発点にすぎず、日中戦争から太平洋戦争へと、時代と深くかかわっての、

傷つきもしながらの生涯が展開する。短編小説と戯曲の作家としては、よく考えつくされた小説作りと人間観察で、近代・現代文学をつうじてもっとも個性的な作品史を辿りうるひとり。人気の高かった長編小説の作家としては、昭和の風俗史を魅力的にとらえていて、それをふりかえることだけでも評伝には魅力があらわれよう。さらに小林秀雄や広津和郎はじめ、この文学者を照し出す証言にも特別なものが多くある。

僕がしかし菊池寛の評伝を自分の手にあまるものと見なすほかなかったのは、むしろその生涯と仕事の多様さが並はずれていたからだ。それから僕はもっと自由に、かつ豊かな気持で菊池寛の作品を読んでいる。そのエッセイの片言隻句に胸をつかれて考えこむことが、自分自身の人生のかさなりにつれて多くなってもいる。

僕は菊池寛の新しい全集を待ち望む。

大江健三郎の広範な作家的関心から言えば、不思議はないが、それでも菊池寛の評伝の執筆に関する事実はいささか驚きだった。菊池寛の多岐にわたる活動を考えるなら、たしかに評伝の対象として魅力的であろう。意外に見逃してきた両作家への新たな理解の視点がここにある。

★『小林秀雄全集』全12巻、新潮社、一九六七－六八年、全集内容見本より

ほんたうの音色を出す名手

円地文子

昔のこと、琴の絃を掛けかへに来る老人にきいた話であるが、琴柱《ことぢ》に絃を立てて、掻き鳴らすのに十三絃のどの絃のどの部分にもその絃のその場でなければ決して鳴らないほんたうの音《ね》があつて、それを微妙に弾きわけるのは稀れな名手だけだと云ふことであつた。これは琴に限らず、よい楽器にはすべて、さういふほんたうの音色が籠められてゐるものであらうが、演奏者の技倆によつてはほんたうの音色は外に現はれないし、聞く者の耳もよほど肥えてゐなければ、真物の音色とさうでないものとを区別することは出来ない。

小林秀雄さんの資質は優れた楽器の微妙な勘所を抑へて、その内に籠められてゐるほんたうの音色を十二分に発揮させる名手のやうな感じがする。

小林さんはいつも極く自然な姿勢で人生に探しものをしてゐる人だ。探してゐるものは文学でも美術でも音楽でも……乃至人間でもいつも真物である……といふより、真物だけが小林さんの眼に吸ひ込まれるといふ方がほんたうかも知れない。

小林さんはいつも動いてゐる。溪流のやうに烈しく岩を噛み、岸を濯《あら》つて奔流しつゞける。しかし、溪流が絶えず鳴り立ちながら騒がしくないやうに、小林さんは静かである。

小林さんの文学が現代にあることは日本の誇りであると思ふ。

琴の名手の比喩の美しさ、文章の運びの落ち着いた品性は格別なものがある。「楽器の勘所」を探し当てるというより、むしろ「真物だけが小林さんの眼に吸ひ込まれる」とは、なるほど名手とは、そのような存在なのかと思いめぐり、改めて全集に分け入りたくなる。

★『ゴーゴリ全集』全7巻、河出書房新社、一九七六−七七年、全集内容見本より

ゴーゴリを読んではいけない

丸谷才一

ゴーゴリは近頃あまり読まれないさうだ。いいことだ。

一体、ゴーゴリの作品には奇妙な毒がありすぎる。意地わると甘美さとがじつにうまい具合に、と言ふべきか、まづい具合に、と言ふべきか、とにかくまあさういふ調子で同居してゐて、人の心を悩ます。殊に若いころに読むと一たまりもない。この口あたりのよい薬を服用すれば、人生の趣がたちまち変り、文学といふろくでもないものにいかれてしまひがちなのだ。かういふ症状を呈してつひに取り返しのつかぬことになつた人は数多いが、ここでは一人だけ、あのドストエ

フスキーといふロシア人を代表としてあげておかう。
そのゴーゴリが近頃はあまり流行らないと聞く。まことに喜ばしいし、それよりもむしろ納得がゆく。あの永遠に清新な抒情、あの腹をかかへて笑ふしかないユーモア、知性と優しさと絶望との不思議なまじりあひ方は、やはり少数者のための文学だらうといふ気がするからである。

意地の悪さと甘美な味が絶妙にブレンドされた「奇妙な毒」に当たって、「文学というろくでもないもの」に狂ってしまうことになるので、ゴーゴリは読んではいけないと、よくもまあ、正直に（?）言ったものだ。しかし、こうした反語的な表現こそ、重症者を増やす。ならば推薦文としては、効能ありということになる。

★『〈決定版〉三島由紀夫全集』全42巻 補巻1 別巻1、新潮社、二〇〇〇－〇六年、全集内容見本より

「全集」に寄せて

平野啓一郎

三島由紀夫という作家は、天才を自覚し、自ら天才らしく振舞うことを好んだ数少ない本物の天才であった。その作品は古典となることを予定して書かれ、その通り古典となった。我々は、三島を読まねばならない。美点に於てしか学ぶところのない作家は凡庸だ。彼等の作品は、ただその美点が成功を収めた時にだけ読むこととしよう。天才は欠点に於てすら多くを語る。是非とも三島の「全集」を手にしよう。三島は依然として一つの事件である。同時代に生きた者のみならず、あとから遅れてやって来る者達をも永遠に巻き込み続ける一つの眩《まばゆ》い事件で

ある。

「一つの眩い事件」としての三島由紀夫。言うまでもなくこの「事件」とは、作品そのものが喚起する事象のことだ。平野啓一郎はこの「事件」の内在化を試みている現代作家の一人にちがいない。「天才は欠点に於てすら多くを語る」となれば、全集をこそ渉猟しなければならない、読書への意表をつく反語的な理由となる。

★『〈普及版〉芥川龍之介全集』全10巻、岩波書店、一九三四－三五年、全集内容見本より

西方の人

萩原朔太郎

二つの智慧があつた。東方の人の学んだ智慧は、自然に順応するといふだつた。西方の人の学んだ智慧は、自然に叛逆するといふだつた。西方の人は理智をあたへられた。彼が出発する時、あの荒寥たるゴルゴタの砂丘の上で一つのhomoが十字架に架けられて居た。それは受難者キリストであつた。

東方の人は仏陀になつた。芭蕉になつた。良寛になつた。西方の人はニイチェになつた。秦始皇になつた。それから日本に生れて、一人の悲しい詩人、芥川龍之介になつた。東方の人は極楽に行き、西方の人は地獄に行く。そして芥川龍之

介も、また彼の志願した地獄へ行つた。おそらく彼はそこで「永遠」に生きるであらう。彼の文学からは「救ひ」がない。しかしながらそれは、救ひを拒絶するところの人々にまで、魂の深い友になるだらう。芥川龍之介を新しく読め！

東西文明の大きなスケール感を持つ比喩が魅力を放ち、断言スタイルが迫力のある思考のリズムを作っている。偉人たちの固有名詞を順にたどり、芥川龍之介に行き着くと、「地獄」「永遠」「救ひ」、そして「魂」といった言葉が、悲劇的な響きを帯びて渦を巻く。

★『立原道造全集』全5巻、筑摩書房、二〇〇六−一〇年、全集内容見本より

道造の「青い火」

小池昌代

十三のころ、道造の詩に出会った。繰り返し読んだ詩は数篇だが、その少ない数篇に再会すると、今でも胸が一杯になる。夢中になったという記憶はないのに、詩は、深い懐かしさで、心をたたく。

彼の詩はどこか言葉の「まつげ」を思わせる。「目」ではない。おしゃべりな「口」でもない。自我的な「鼻」でもない。それはまつげだ。詩の中心には、風景を写す無機的な心臓部＝瞳があって、言葉はその周りをやさしく群舞する。幽かに震えるまつげのうごきで、わたしたちは、歌う「感情それ自体」を察知する

のだ。狭い限られた言葉で作られているのに、いや、だからこそ、そこにはメロディーさえも持たない純粋音楽が鳴っている。
道造の詩を読んだあとは驚くほど何も残らない。その詩は「意味」という言葉の燃料が、きれいに消尽されたかに見えた後、なおも燃えて立つ「青い火」なのだ。不思議な生命力だなあとわたしは思う。

「まつげ」か。感情の察知の幽かなセンサー？　このユニークな比喩の面白さ。「まつげ」とする理由を、小池昌代もまた詩人として直観的に言葉を探り当てようとする。しかし、本当に言いたかったことは、最後の段落ではないか。「不思議な生命力」を持つ詩人へのオマージュとして。

★『草野心平全集』全12巻、筑摩書房、一九七八−八四年、全集内容見本より

草野心平頌

谷川俊太郎

何事かと思う。
言語というよりもひとかたまりの巨きな森のざわめきである。
書かれたというよりも地平にいつのまにか立ち現れたのである。
一行を区切る一箇の。《マル》は、そのまま草野さんの腐植土を踏みしめるひとあしだ。
人語を拒むオノマトピイアは、草野さんの産声であり偈に他ならぬ。
書物というより空気の張りである。
文字というよりヒトの咆哮である。

全集というよりひとつの生涯である。
最後のページはおそらく決して閉じられることがない。
それは宇宙へ、人々の舌へ、さながら岩塩の如く露頭しつづける。
さながら目には見えぬ勢いとして、渦巻きつつこの時代に立ちつくす。

冒頭の「何事かと思う」とさり気ないフレーズが巧みに全体を誘導している。詩の形式による推薦文は、決して多くを数えない。ここでは貴重な詩的試みにより、まぎれもなく草野心平の深々とした詩的宇宙へ向かって、誰もがスリリングに招き入れられていく。

★『金子光晴全集』全15巻、中央公論社、一九七五－七七年、全集内容見本より

単独者の眼

田村隆一

昨日（六月三十日）、梅雨の晴れ間に狙いをつけるようにして、単独者が、地獄の見世物のなくなったこの世から、フラッと出て行った。律義で、やさしい心根の、この単独者は、ひたすら乾いた眼を獲得するために、第一次大戦後のヨーロッパと東南アジアを放浪した、第二次大戦の前夜と、それにつづく人間存在の悲劇を、冷い詩と熱い散文とで観察した。無類の記憶力と想像力とが、この単独者のデリケートにして強靱な武器だったから、いつも懐手をしていればよかった。

第二次大戦後の世界的荒廃と、ベトナム戦争の泥と水だけの世界を、ジロッと

ながめながら歩いていた。単独者は、いかなるイデオロギーにも奉仕せず、いかなる芸術運動にも参加せず、みずから「素人芸」とうそぶいて、この世をこの世たらしむるべく、ひたすら地獄の発見だけに精出してきたのだ。たしかに地獄の見世物のなくなった二十世紀の世界は、泥と水の混成物にすぎないが、この単独者の眼をかりることができるなら、ぼくらにだって、「地獄」を発見することは可能なのだ。

大胆かつ慎重に言葉を選びながら、リズミカルに文が進んでいく。金子光晴をめぐる思考の動きが、断言的な文勢にのって立ち現われる。その魅力は音読するとよく判る。なおかつ、この詩人の稀有な生の軌跡を的確に追い、詩人の生涯にも簡潔な情報を与えている。

★『小川国夫作品集』全6巻 別巻1、河出書房新社、一九七四−七六年、全集内容見本より

おびえながら放たれてくる微光

吉本隆明

小川国夫の作品には、上質な洋酒のようなさらさらとした切れの良さがある。だが、よく近づけて瓶を覗くと、蝮のようなものがとぐろを巻いて漬けてある。そうだ、わたしが単に上質な洋酒などに惹かれるはずがない。漬けてある蝮に惹かれているのだ。しかし、この蝮は安物の焼酎に漬ってあるのなら、はじめから飲まないだろう。薬用強壮剤などをもっとも好まないからである。

かれの作品がさらさらした切れの良さを保ちながら、妙に生々しい感触をあたえるのは、かれが何かを断念しているからであろう。この何かを生理的な衝動と

呼んでもいい。暗い情念の解放を諦めているといってもよい。そして、この罪を犯したことのない罪人という自己意識に、かれのキリスト教が位置しているようにおもえる。かれの作品は、かれの肉体の枠組から、おびえながら放たれてくる微光に似ている。

数多い吉本隆明の推薦文の中でも秀逸なものに思える。前半の「上質な洋酒」と「蝮」の比喩の見事な表現の収め方、「そうだ、わたしが単に上質な洋酒などに惹かれるはずがない」の反転の一文など、思わず讃嘆の声を上げてしまう。後半の小川国夫の文学への批評的な推考も落ち着いた思索を誘う。

★『二葉亭四迷全集』全8巻、岩波書店、一九三七－三八年、全集内容見本より

二葉亭の印象

徳田秋声

二葉亭氏を見たのは、氏が渡欧の壮途に登るといふので送別の宴が多分上野の精養軒であつたと思ふが、盛大に行はれた時のことで、私は後にも前にも其の時の第一にして最後の印象しか残つてゐないが、何か一巻の書を手にしてつか〳〵と会場に姿を現し、出発間際のこととて寛いでゐる遑もなく、簡短な挨拶をすると倉皇として別れを告げたのであるが、その高邁な気象はちよつと形容のできない魁偉な風貌に現はれてゐた。思想上の風雲が急であり、文学を超えて何か政治的な行動を取らずにはゐられず、一刻も落ちついて文壇などにゐる訳には行かな

いと言ふ風であつた。思想的な内容は十分わからず、従つて実質的に何を考へてゐたのか私には解らなかつたけれど、何か高い理想の実現に向つて邁進しようとしてゐたのは事実であり、文学その物の中に局促してゐるのが既にもどかしくなつてゐたのに違ひない。途中で斃れられたが斃れなくとも大体数奇な生涯であつたことは想像に難くない。私は年少のをり「浮雲」やツルゲネフの飜訳「あひゞき」「片恋」「ルウヂン」などは一方ならぬ刺戟を受けたものだが、氏自身がやつぱりルウヂンのやうなロシヤ型の、何といつても芸術家肌の人であつたと思ふ。日本の新文学も二葉亭氏あたりから其の黎明を告げて来たものであることを思へば、この全集は是非とも我々の書架に飾られなければならないものである。

二葉亭四迷とは全く作風の異なる秋声が推薦文を書いている妙味。送別の宴で見た人物の「印象」を的確に切り取り、理想に向かって生き急いだ「数奇な生涯」を描き出す。つかつかと会場に現れ、慌しく立ち去る姿は、この作家に待ち受ける命運を暗示するようだ。

★『永井龍男全集』全12巻、講談社、一九八一－八二年、全集内容見本より

永井龍男の作品

井伏鱒二

今度、非常に気持のいい全集が出ると思ひます。

永井龍男は粋な作品を書きます。粋とは何か。私の蔵つてゐる辞典に、こんなやうに書いてありました。――粋とは意気から転じた語。人間的にも洗練され、気持がさつぱりして垢ぬけてゐること。色けもあるが、内輪に秘めて人情の機微に通じてゐること。野暮の反対。

私は野暮ですが、永井龍男の作品には注目させられてゐます。彼は、俗受けを避け、人真似を避け、甘さを抜きで判断し、歯切れのいい文章で粋な作品を書き

ます。

永井龍男の作品を語るには、極めて初期の、しかも習作期の作品を問題にしなければならないと思ひます。彼は早くから天性の資質を見せる作品を書きました。大正十一年十月、帝国劇場が募集した懸賞脚本を、締切間際に一晩で書きあげて、自分で帝劇の受附へ持つて行きました。神田の自宅から歩いて届けに行つたといふことです。本名で投書するのをためらつて、愛読してゐる作家の名を借りて知江保夫《チエホフ》と仮名にしたさうです。永井君、十八歳の年でした。

この懸賞脚本の選者は、坪内逍遙、幸田露伴、小山内薫、久保田万太郎でした。僅か十八歳の知江保夫の作品が、脚本には人一倍きびしかつた大先輩の鑑識に適つたのです。

それより前、その前年と前々年にも、「文章倶楽部」その他に仮名で当選しました。かういつたやりかたは、当時の文学青年が文壇に出て行くための順当な一つの道でした。大正十二年、十九歳になつて初めて永井龍男の本名で、「文藝春秋」に短篇「黒い御飯」を発表しました。絶妙な作品でした。

その後は同人雑誌「青銅時代」「山繭」などの同人として習作を発表する一方、文藝春秋社に入社、終戦まで二十余年間、編輯の仕事をしながら新人の発見に努めました。その影響を多分に蒙つてゐる作家は、今でも次から次にその名前を挙げることが出来ます。

文藝春秋社に在職中の当人は、ときたまに作品を雑誌に出しました。書かなくてはならぬ。俺は書く。書きたいなあと、血が騒いだためであつたと思ひます。戦後、文藝春秋社を離れてからは、血が騒ぎ通しに騒いでゐるやうでした。

冒頭の「気持のいい全集」という巧まざる巧みの表現から、悠然と推薦文は滑り出す。過不足のない案内からなる小伝風の文章によって、作家像が具体的に浮かび上がる。「絶妙な作品」というべき十九歳の短篇小説「黒い御飯」への言及も読者の関心を呼ぶにちがいない。

★『井伏鱒二全集』全28巻 別巻2、筑摩書房、一九九六－二〇〇〇年、全集内容見本より

「鯉」を読んだ頃

安岡章太郎

私は、井伏鱒二の名前も知らない中学生の頃、「鯉」の朗読をきき感動した。しかし、これを何と言ふべきか、いまだに私はよく知らない。同じ作者の初期の短編でも、「山椒魚」には孤独な幽玄味があり、「夜ふけと梅の花」には、墨絵のやうな単純さの中に油画《タブロウ》の厚味と豊かさがある。しかし「鯉」には亡友に託された悲哀な心情の上に、一種言ふべからざる童話のやうな明るい後味を漂はせてゐるのだ。

それよりも私は、ラジオで偶然聴いただけの作品を自分で読みたいものだと思

つたが、それを探す目当てがない。日がたつうちに、あれは井伏といふ人の文章かと思ひ出したが、それを確める手段もなく、近所の本屋へ行つても、当時は井伏氏の本を見掛けることは全くなかつた。

それから二、三年たつた或る日、親戚の家の書棚にまるで銀行の帳簿か何かのやうな、ひどく立派な本を見かけた。背革に金で「文壇出世作全集」とある。それは井伏さんにふさはしい体裁の本ではなかつたが、あの「鯉」はこれに収められてゐるのかもしれない、と何となく思つた。私は分厚いページを開いて端から見て行くうちに、果してそれはあつた。他に志賀直哉の「網走まで」など大勢の作家の沢山の作品が入つてゐたが、そんなことより私は「鯉」が見つかつただけで、まるでプールの底に沈んだ鯉を発見したやうに、胸が躍り、暫くは落ち着いて文字も読めないほどだつた。

「鯉」は前回の全集にも勿論入つてゐる。だが、昭和初期の短編が意外なほど多数、欠落してゐた。今回は、そのやうなことはなく充実した内容になると期待してゐる。

記憶を引き寄せるように語る随筆風の推薦文の滋味が後を引く。しかも「鯉」にしぼったピンポイントの紹介である。「悲哀な心情」に「童話のやうな明るい後味」が漂う作品。その短篇小説が見つかったときの胸の高鳴りを伝える文を読めば、多くの人がすぐさま「鯉」に走ることだろう。

★『吉本隆明全集』全38巻 別巻1、晶文社、二〇一四年―、全集内容見本より

父と全集

吉本ばなな

父にとって考えることと仕事をすることは呼吸のようなものであり、日々の挑戦であり、唯一の憩いであった。

父は玄関先に急に読者さんがいらしても決して断ることなくお茶を出し、いつまでも話を聞いた。晩年足が痛くても、糖尿病で親指が氷みたいに冷えていても、寒い玄関で立ってずっと話していた。

精神的に病んだ人がいれば「もし本気でずっとその人だけにかかりっきりになれたら、治るかもしれないんだけどねえ」と言った。幼い私が「どうしてそうし

てあげられないの？」と聞いたら「なかなかそこまではできないもんだねえ」と答えた。

「お前とか娘とかの成功が憎い、末代までたたってやる」という人がいれば、「こんなことまで言う人がこの世にいるなんていやあ、驚いた」と本気でびっくりしていた。

散歩と買い物と夏に海に一週間行くことと二時間ドラマを観る以外には特に娯楽もなく、ほとんど旅行もせず、女遊びもしないし教授にもならないし、酒にもグルメにも興味がなかった父。

家からお金がなくなったときに出入りの人の名を出したら「人を疑うくらいならお金なんてなくなったほうがいい」ときっぱり言った父。

病院で高熱を出し死の床にいても「支払いのことで心配があったら俺に言ってくれよ」と何回も言っていた父。自分の容態については一度も泣き言を言わず「お母ちゃんはどうした、お姉ちゃんは大丈夫か」と家族の心配ばかりしていた。

これほど人を救った人の望みが叶わないはずがないと心から信じていたが、この不況の時代に全集を出そうという出版社はなかった。

晩年、ぼけて仕事が思うようにできなくなった父が、弱々しい笑顔で「間宮さん（この全集の目次を編んだ編集者さん）の目次はほんとうに考え抜かれていて感心したよ。出せたらほんとうに嬉しいけれど、今の時代はそんなに甘くないからねえ」と言った。

そんなことはない、必ず出る、今じゃないかもしれないけれど、必ず残るよ、と姉と私と間宮さんはくり返し父に言い続けた。父は淋しそうに「むつかしいと思うねえ」と言い続けるばかりだった。

お父さん、社長の太田さんや晶文社のみなさんや間宮さんが、死にものぐるいで作ってくれているよ、やっぱり出るよ。いつか私が死んだら、真っ先にそれを父に言いに行こう。いや、必ずもう届いているはずだ。

まさか推薦文を読んで、これほどまでに（どれほどなのか、ひと様にわざわざ言いたくはない）、涙腺が緩むとは思わなかった。こんな私情あふれる推薦文は、禁じ手じゃないかと思わせるほどの例外的な言葉の力で（つまりは例外的な普通さで）、読む者の心をゆらす。

II

★『草野心平全集』全12巻、筑摩書房、一九七八－八四年、全集内容見本より

宇宙論的な正確さ

大江健三郎

《人類への挽歌を人類でない他のなにものからもおくられるといふことはないだらうとは必ずしも断定は出来ない》、と戦前すでに、草野心平は書いていた。

宇宙論の規模で、銀河や星雲のみならず、小動物や草花までをも見る。その徹底した眼の見きわめたところとして、さきの予言的な言葉はあろう。

僕はこの詩人とかれにみちびかれての宮沢賢治に影響をうけたが、それはともに詩のみにとどまらず、散文によってでもあった。草野心平の散文の、どのように短いものにもみられる、言葉の正確さ。たとえばかれが、風景についてであれ、

事物についてであれ、その色彩をいう。つづいて自分で、そこに書かれたとおなじ風景、事物にふれると、まことに堅固な、草野心平の言葉があらわれてきて、僕に宇宙論的な色彩を経験させるのである。

冒頭の引用文が光源となって、草野心平のコズミックな大きさを照らしだす。「宇宙論の規模で、銀河や星雲のみならず、小動物や草花までをも見る」という指摘は、はからずもこの詩人が今日のエコクリティシズム的考察からも、豊かな存在であるという思念を導く。

★『〈定本〉菊池寛全集』全15巻、中央公論社、一九三七－三八年、全集内容見本より

菊池寛自選の全集に

山本有三

菊池寛は今や文壇の菊池寛でなくつて、日本の菊池寛になつた。時の大臣の名前を知らないものはあつても、菊池寛の名前を知らないものはほとんどないだらう。菊池の祖先の菊池五山《ござん》も徳川末葉に名声を馳せた詩人であるが、今日の菊池と列べたら、とてもくらべものにならないと思ふ。

しかし菊池が今日の大《だい》をなしたのは、私《わたくし》のやうに学生時代から彼を知つてゐるものには、少しも不思議がないのである。彼のやうに人を容れる胸が広く、彼のやうに腹の出来た男に、私《わたくし》は今までさう出会つたことがない。彼は人から色紙な

どを出されると、「われ事《こと》において後悔せず」といふ武蔵の言葉をよく書くが、こんな恐しい文句を平気でずばり〳〵書けるのは、現代において、菊池を外にして一体何人あるだらう。

文芸といふものは、その人の体からにじみ出るもので、これほど正直なものはないのである。小さな人間がいくら力んだところで、その人の作品は結局小さなものしか生れない。同様に大きな人物の書いたものは、ひとりでに大きな音を出す。これは実に恐しいことであるが、何とも致し方のない事実である。そしてこゝにこそ文芸作品の価値もあり、面白味もあるのである。

当代において菊池ほどの人物は、他《た》の方面を探しても数へるほどしかゐないと思ふ。これだけの人物が書いたものなら、誰でも安心して読むことが出来るし、私《わたくし》も大手を振つて推挙することが出来る。今日《こんにち》、菊池の名は津津浦々《つつうらうら》まで響いてゐるが、しかしその割に、菊池の作品は深く読まれてゐないのではないだらうか。私《わたくし》は作品を通して人間菊池がもつと〳〵知られていゝいのだと思つてゐる。

菊池は今年五十になつた。今度中央公論社から自選の全集が出ることになつたのは、さま〴〵な意味で、意義のあることである。彼の面目が最もよく出てゐるのは、短篇小説、一幕物、別して、その随筆にあるが、今度の集にはそれが漏れなくはいると、いふから、私《わたくし》も再読、三読することを楽しみにしてゐる。

全集内容見本にある出版社の宣伝文には、「一家に米鹽《こめしお》の蓄ある如く、各家庭に本全集を備へよ」（本書二一八頁）と購入を広く促す勇ましい文言が並ぶ。それゆえ、菊池寛の盟友の山本有三はその大衆的人気からいって、もっともふさわしい推薦者だったにちがいない。

★『〈新輯定版〉鷗外全集　著作篇』全22巻、岩波書店、一九三六－三八年、全集内容見本より

鷗外全集をよむ

永井荷風

一　文学美術の理論に関して疑問の起つた時にはまづ審美綱領と審美新説の二書を読む。

一　批評の文など書く時専門の用語がわからない時には以上二書の外に洋画手引草を参照してゐます。

一　小説をかく時、観察の態度をきめようと思ふ時は雁と灰燼とを読返す。既に二十回くらゐは反復してゐるでせう。

一　大正四年初めて渋江抽斎の伝を読むまで、わたくしは江戸時代の儒家の詩文

集にはあまり注意してゐなかつたのであるが、其後は先生の著作中に見えてゐる書巻は一通り読んで置かうと思ひ立つて、写本の手に入らぬものは別として、刊本は今日でも見つかり次第よんで居ります。

一　文学志望の青年で、わたくしの意見をきゝに来る人があると、わたくしは自分の説など聞くよりもまづ鷗外全集を一通りよんだ方がよい。その中で疑義があつたら、それについて説明しようとわたくしはいつも答へて居ります。

一　文学者にならうと思つたら大学などに入る必要はない。鷗外全集と辞書の言海とを毎日時間をきめて三四年繰返して読めばいいと思つて居ります。

一　飜訳をする時適当な日本語が考へ出せない時には先生の飜訳と原書とを参照します。上田先生のものも見ます。それでも好い字が無い時には英華字典で支那語の飜訳を見ます。

一　ほんのちよつと心づいたことだけを書いて置きます。

和辻哲郎、三木清から川端康成、佐藤春夫まで、全集内容見本に推薦文を寄せた者は十六名という壮観ぶりだが、その中にあって荷風の箇条書きスタイルは異色（他には三島由紀夫がジャン・ジュネ全集に書いた体言止めの推薦文がそれに近い）。「雁」と「灰燼」を二十回も読んだとは驚き。

★『漱石全集』全16巻、岩波書店、一九六五－六七年、全集内容見本より

漱石全集を薦す

志賀直哉

若い頃、中央公論などで出す春秋と新春の特別号、それが非常に楽しみだつた。私は待ちかねて、街の書店に何度も見に行つたりした。近頃は雑誌も作家も多くなり、今の若い人達は私が味はつたやうな喜びは味はへなくなつたのではないかと思ふ。

そして、その頃、私に一番魅力のあつたのは夏目漱石だつた。

六十年前の話で、私も今は八十二歳になり、すつかり耄碌して了ひ、老人性白内障で、活字が読めなくなつた。無理に読まうとすると、疲れて直ぐ睡つて了ふ。

今度、先生の全集が出るに就いて、岩波から推薦文を頼まれたが、なかなか書けさうもないので、前に一度書いた推薦文があるので、それを再録して責めを果たさうと思ふ。

夏目先生のものには先生の「我」或ひは「道念」といふやうなものが気持よく滲み出してゐる。それが読む者を惹きつける。立派な作家には何かの意味で屹度さういふものがある。然し芸術の上から云へば此「我」も「道念」も必ずしも一番大切なものではない。そして誰よりも先づ作家自身、作品にそれが強く現れる事に厭きて来る。「我」といふものが結局小さい感じがして来るからであらう。「則天去私」といふのは先生として、又先生の年として最も自然な要求だつたと思へる。

志賀直哉は漱石から「朝日新聞」の連載小説を薦められるが、自信のなさを理由に断り、長く心の負担になった（「続創作余談」）。八十二歳の志賀直哉は、ここで旧稿を再録しているが、「我」と「道念」をめぐる寸評は、自分自身のことを述べているようにも感じられる。

★『芥川龍之介全集』全12巻、岩波書店、一九七七－七八年、全集内容見本より

芥川龍之介全集に寄す

石川 淳

憂内にあればおのづから言に発して鳴る。いにしへは三閭の大夫、こころざしを江水に伝へて遺響永く絶えず、後の世には西欧黄昏の騒人、幽情ほとばしつて歌ふところ、たちまち詩林の戦慄とはなれり。ここに、夢は遠く西方に通ひ、愁思はその身にひそんで、文章悽惋、才高く気清めるものは東海ただ我鬼先生を見る。芥川龍之介出でて芸文の天あらたにひらけたり。わが近代の文学はやうやく転瞬の妙機に逢著していまだ到らざる世界あることをさとれるがごとし。その来れるを見てはじめて待つことの久しきを知る。これ鷗漱二家といへどもよくみた

すことをえざりし飢渇なりき。英聲一たび空谷にひびきて、後進またしたがつて起ち、荊棘万里の道、行きて止まることなからんとす。ただ先達つねに悩み多く、春風かならずしも和煦ならず。況や秋水の胸臆に透徹せるをや。されば李長吉も心事波濤の如く中坐時時驚くといへり。澄江堂中の波濤、ときに細流となつて土を潤ほせば、すなはち百花千紅の福地を現じて人を楽しましめ、またときに飛泉となつて宙に懸れば、すなはち愀愴傷心の悲音を放つて世を畏れしむるに堪へたり。浮華淫逸は稗官の習なれども、高士つひに俗になじまざるをいかにせむ。雅俗の間、詩文にあそんで滑脱自在なることをえたるは我鬼先生の幻術なり。幻術いづこの境ぞ。作者天涯に去つて遺文金匱にあり。匱をひらいて、新版十二巻、かさねて江湖に頒つといふ。巻中、今日なほ善く鳴るものはすなはち今日の戦慄なり。清音旧に依つて当世を驚かしむるや。四方の君子、来つてこれを聴くに遅るることなかれ。

雅趣のきわみとも言うべきこの美文体の賞辞は、読む者に痛快な眩惑を引き起こす。はたして、どのような読者を想定したのか。我鬼先生ならぬ夷斎先生の「幻術いづこの境ぞ」。独吟こそふさわしいこの高雅な文彩にあるのは、芥川龍之介へのゆるぎない共感である。

★『〈新版〉荷風全集』全30巻、岩波書店、一九九二―九五年、全集内容見本より

（『〈新版〉荷風全集』に寄せて）

川本三郎

荷風はモダン都市東京を生きた都市の作家だった。麻布の高台にひとり住み、隅田川沿いの町を散索し、花柳界に遊び、夜の銀座を歩いた。書を読み、庭の手入れをし、落葉で焚火をするという文人趣味を大事にした。何よりも孤独を愛した。いや、孤独しか愛せなかった。荷風は近代日本に生きながら近代を愛せなかった。町や人間の生活は愛したのに人間そのものを愛せなかった。終始、見る人、観察者だった。その孤独が現代の私たちの心を深くとらえる。

彷徨する荷風の人生を簡潔にたどった推薦文。最初にモダン都市東京を生きた作家像を示し、隅田川沿いの町や花柳界、夜の銀座などをさまよい歩く姿、落ち葉の焚火を前にたたずむ姿などを追い、いずれもその孤影が忘れがたい残像のようにゆらめく。

★『蕪村全集』全9巻、講談社、一九九二–二〇〇九年、全集内容見本より

出版史上の快挙

司馬遼太郎

　郷土愛というのは、詩的不条理というべきものではないか。

できればそれをおさえることで物を見たいとおもってきたが、蕪村をおもうとき、その自戒がむなしくなる。同郷の先人だとおもいたい感情が春の靄のようにわきあがって、なによりも愛を感じてしまう。

　芭蕉には畏敬を。

　しかし蕪村には愛を。というのは、詩と絵と人生を愛《いとお》しむすべてのひとが共感してくれる分け方ではあるまいか。

この巨人についての十全の全集が、世に出る。私はその編集の出発以来、その周辺にいる幸福を得た。編まれ方は壮大かつ精密である。こんにちの学問の頂点に立ちつつ、俗間の機微をうがつことをわすれていない。出版史上の快挙といっていい。

抑えつつも湧き出てくる同郷の先達への感情に揺れながら、蕪村への共感を思い澄ますように謳いあげる。「芭蕉には畏敬を。しかし蕪村には愛を」といった俳諧史の二大巨星への対比的なフレーズも、全集刊行への期待と幸福な思いを率直に伝えている。

★『山川方夫全集』全7巻、筑摩書房、二〇〇〇年、全集内容見本より

邂逅の記憶

安岡章太郎

山川君は、やつてくるとき必ず何か食べ物を手にしてゐた。私が田園調布で間借の部屋にゐた時には、直径三、四十センチはありさうな西瓜を下げてきた。「こんな重いものを」と私が言ふと、「駅前の果物屋で見掛けてウマさうなので買つたんです」と山川君は言ひ、大家の奥さんと台所で交渉して、西瓜の半分を大家さんに渡すと、残りの半分を私たちで平げた。

　その頃、山川君は三田文学の編集を一手に引受けて熱中してをり、有望な新人に目をつけると、片端から注文を発して小説や評論を書かせて、ほくほくと嬉し

げな笑顔を見せてゐた。そんな山川君に、私は多少の不安を覚えた。——この男、人の面倒ばかり見て、一体自分はいつになつたら仕事をするつもりだらう、と。しかし案ずるほどのことはなかつた。三田文学を二年余りで切り上げると、まづ長編を一本書き、『煙突』や『海岸公園』など優れた短編を続々発表した。

　あれは昭和四十年の頃であつたか、私が六本木の街頭で夕刻、呆然と立つてゐると、雑踏の中から忽然と山川君が眼の前にあらはれた。例によつて彼は食パンか何かの包みを小脇に抱へ、急ぎの用があると見え、白い顔に微笑をたたへて、「やあ」と私に挨拶の声をかけると、そのまま人混みの中にまぎれこんだ。——イナダがワラサになり、それが鰤に変る。すれ違ひざまに消えた山川君の姿に一瞬そんなことを思つたが、これは譬へやうもなく懐しい思ひ出となつた。その一週後に彼は、自宅の近くの二宮の道路で交通事故で亡くなつたからだ。アポリネールに「オノレ・シュブラックの消滅」といふのがあるが、山川君の場合も消滅としか言ひやうのない死であつた。

タイトルのとおり、出会いの記憶をたどったエピソード中心の推薦文の好例。交通事故で夭折した作家への哀惜を淡々と記して心を打つ。冒頭の文が印象的で、西瓜を下げて現れた姿、食パンの包みを脇にかかえて人混みへ消える姿が、リアルな映像となって浮かび上がる。

★『室生犀星作品集』全12巻、新潮社、一九五八－六〇年、全集内容見本より

室生邸

幸田文

室生邸へ伺つた。一歩はひつて、なんといゝお庭かと思つた。おそる〳〵一ト通り見まはさせていたゞいた。裾のよごれてゐる木は、眼のかぎりになかつた。もし自分がこの庭の掃除を云ひつかつたら、と思ふとのぼせが来て、おぢけながら沓脱へ行つた。

お宅のなかは、ものみなに治定の観があつて、たゝずまひ静かである。大きな川に見る、無言のうごきだと思つた。もしこゝの掃除をさせられたら、……あゝもうとてもだめだ。早く帰りたかつた。それだから、なほしばらくゐすわつてゐ

た。先生は壺のお話をしてくださつた。

親子夫婦でもさういつも話し合つてゐられるものではない。まして先生のところへこちらの勝手に押しかけられるものではない。欲を云へば十二巻の作品集はあまりに少ないけれど……なんと嬉しいことだらう、ゆつくりお話をうかゞへる。

室生邸の庭巡りというきわめて限られた経験であるのに、気分の動きの何という面白さ。「掃除」をめぐって「のぼせ」が来たり、「もうとてもだめだ」と思ったり、いかにも住み込みの奉公に出たことのある幸田文らしい。この素直、かつ奔放な書きっぷりは、忘れ難い特異な魅力がある。

★『山崎正和著作集』全12巻、中央公論社、一九八一－八二年、全集内容見本より

切れすぎる

開高 健

ゾリンゲンの刃物は切れすぎないようにつくってあります。これがあのギルドの長年月にわたるスローガンだと聞く。これを君にプレゼントする。今後、何であれモノをいうときは、三度に一度はこれを思いだして、それからにしてちょうだい。

数年前、酒を飲みつつ冗談口調でそんなことをいったことがある。その頃のこの人は鞘のない氷刃みたいで、何を扱わせても語らせても切れすぎるくらい切れるので、しばしば息苦しく、胸苦しくなった。こちらの愚昧さばかりが眼につい

てやりきれなくなるのである。一種の悲鳴である。

しかし、著作物で切れすぎるくらい切れるものに接するのは爽快である。めったに入手できない爽快を注入される。ことに安ピカ物にうんざりさせられている今日この頃では至上の愉しみである。演劇、時評、評伝、萬象のどの面を切らせてもこの人の澄明な冴えをまざまざと見せられる。高速度で回転する独楽《こま》の芯部に見られるような澄明がある。積年と日々の、頭や心にこびりついた垢と脂をそれで洗い落すことである。部分について書きあぐねるばかりに全体をそう評する。

切れ味のよい刃物の比喩は、洒脱にして自在な開高健ならではの精神のフットワークからくるものだ。この「ゾリンゲン」のスローガンが、開高健のフィッシュ・ストーリー（つまりは、作り話）だとするならば、なお面白いのだが、残念ながら本当だろうか。

★『〈復刻版〉石川啄木全集』全8巻、筑摩書房、一九九三年、全集内容見本より

天才の本質的な活力

大岡 信

石川啄木というと思い出すのは、一九四七年秋のある午後のことである。その年の春旧制高校に入ったばかりだった私は、その秋から寄宿寮の同じ部屋で暮すことになった同学年の金太中と啄木是非論争をした。金君は函館で生れ育った在日朝鮮人で、私と同様、詩というものをおそるおそる書きはじめたばかりの駆け出し少年詩人だった。太くてよく透る実にいい声で詩を朗々と読んで人を酔わせた。

私たちは大学時代もその後も、彼が詩作を断つまでの間同じ詩誌の仲間だった

が、一九四七年秋の一日、知り合って間もない二人は、啄木をめぐって口げんかしたのだった。函館生まれの金君は啄木の歌が好きだと言った。好きでたまらないと言った。私は啄木の歌はいやだと言った。センチじゃないか、あんなの、と言った。口げんかは私の方の威勢がやや勝って終ったと記憶する。敗戦直後のことだから、二人は啄木の歌集しか読んだことがない状態で言い争ったのだった。間もなく『ローマ字日記』が公刊された。これは、と啄木嫌いは驚いた。それから「呼子と口笛」や「心の姿の研究」の詩を知り、「林中日記」から「食ふべき詩」「時代閉塞の現状」にいたるエッセーを読み進むにつれ、私は啄木好きに一変した。金君とのやりとりをそのとき思い出した。何ともバツの悪いことだった。

啄木があの若さで家族をかかえ、貧乏の底をはいずりまわった無念さと悲しみが、私にも身につまされてわかる思いがしてきた。しかもその、無茶苦茶でさえある生活の中で書かれた作品には、天才のまぎれもないしるしであるユーモアと機智、別天地を一瞬にして文字の中に出現せしめる本質的な活力、自分に対する誠実さ、社会制度の嘘を見抜いて問いたださずにいられない透徹した知性と情熱があった。この人を愛さずにいることは難かしい。同時に、わずか二十七歳で死んだこの人は、その分だけ一層畏るべき人でもあった。啄木の歌はセンチメンタルなものなどではなかった。彼の残したものを読めば読むほど、彼の歌はさらに新しい感じで読めるものになる。全集が内容を豊かにして刊行されることの意味は、その点だけをとっても大きく深い。

啄木の作品との出会いの来歴を語るエピソードが、おのずと貧窮のうちに夭折した天才歌人への関心を誘いだす。「この人を愛さずにいることは難かしい」と。啄木をめぐって言い争いした金太中という友人は、その後どうなったのだろうか？　消息が気になる。ことによると、どこか回想文に記されているかもしれない。

★『萩原朔太郎全集』全15巻、筑摩書房、一九七五－七八年、全集内容見本より

〝私にとって朔太郎は救いであった〟

吉行淳之介

詩人とかいわゆる芸術家にふさわしい感性をかかえこんだ人間は、実社会でどういう具合になるか、ということを、私は萩原朔太郎のエッセイや『詩の原理』によって、はじめて教えられた。うかつな私は、それまでそういう種族のいることに気づかずに、自分をもて余していた。

そういう私にとって、朔太郎は救いであった。

戦争中のことで、丁度朔太郎全集が神田のある出版社から刊行になっていたが、

書店では入手不能であった。
その全集の欠けた巻を求めて、神田のその出版社を探して裏通りを歩いたのを、明瞭におぼえている。
灰色のザラザラした壁が両側につづく路を歩いて、
ようやく探し当てたその社でも、目的の巻は品切れであった。
朔太郎の詩も好きだったが、模倣者の多いのに閉口した。
いくら「芸術は模倣からはじまる」といっても、極端だったとおもうが、
それもいまは懐しい思い出である。

若き日の吉行淳之介にとって、萩原朔太郎がいかに「救い」であったか、『詩とダダと私と』や『私の文学放浪』に述べられている。朔太郎のエッセイに触発されて、創作への意欲が起こったという。「自分をもて余していた」原因の数々は、実はそのまま特性として記され、「自分」のような人間にも居場所が与えられていることを発見した、と。

★『樋口一葉全集』全4巻 別巻1、筑摩書房、一九七四-九八年、全集内容見本より

樋口一葉全集に寄せて

佐多稲子

「たけくらべ」を「にごりえ」を何度も読み、そのたびに作品の中の緊密な実相に心ゆすられる。時代と生活の裏打ちをもって描かれた女や男の心理のひだと運命は、今日の立場で読むとき一層哀切である。それは樋口一葉が私たちの前に提出した思い深い指摘となるからであろう。遺産としての名作は共感のうちに、常に今日のおもいをそそる。樋口一葉の人間にそそぐ目は、身を寄り添えて描きつつ、近代文学としての鋭どさを見せている。

新しい全集が、重ねられた一葉研究のもとで出されるのは、作家と作品を読ん

で樋口一葉の世界に私たち読者を一層深く誘うものだろうし、日本文学にとっての意義も大きいのであろう。

「遺産としての名作は共感のうちに、常に今日のおもいをそそる」とは、一葉の作品だけではなく、あらゆる古典の意味を明言したものに思える。とり立てて謳いあげるのではなく、オーソドックスな推薦文だが、一葉への要を得た説得力のある招きではないだろうか。

★『近松秋江全集』全13巻、八木書店、一九九二–九四年、全集内容見本より

秋江のシタタカさの意味

小島信夫

私自身のことをいって申し訳ないが、二十年ほど前から私は作家の評伝を書きつづけたことがあった。秋江にさしかかった頃から、私の文章は生き生きしてきた、といわれ、私もそう思った。おのずから私が秋江に共感するところがあったからであろう。

私の記憶では、大岡昇平も秋江に現代的意味を認めていたようだ。

谷崎潤一郎は、『黒髪』出版にさいし序文を書き、こんな趣旨のことを述べた。

「秋江は好きな作家ではなかったが、こんどこの作品を読むに至って作者が意外

にシタタカ者だと分った。そしてその後に書いたものは、随筆に至るまでみな好きだ」

谷崎のいう「シタタカさ」こそ、実は近松秋江が大いに現代に生きつづける点をもった作家だということの証拠であろう、と考える。こういうわけで全集を楽しみにしている。

『私の作家評伝』の中で、近松秋江と谷崎潤一郎の女への振る舞いかたの共通性について、興味深い指摘がある。だが、ここでの谷崎の引用を「こんな趣旨」と略述し、「シタタカ者」とこの作家特有の片仮名表記を使用。「シタタカさ」の潜む小島信夫的文体の面白さの一例とも言える。

★『〈増補版〉武田泰淳全集』全18巻 別巻3、筑摩書房、一九七八－八〇年、全集内容見本より

武田文学の奥行き

井伏鱒二

武田泰淳氏は女を書くのがうまい。妙を得てゐると思ふ。しかし、美人画家のやうに、綺麗ごとに仕上げた女を書くのではない。千遍一律ではない。泰淳氏は、いろんな傾向の女、いろんな性格の女を書きわける。その場の臭気、香気、気温も書きわける。時に応じ、女の眼光、表情、仕種、善心、悪心、真情、虚偽、悲しみ、無心、放心、悦楽、不潔、その他、過不足なく適切に点描して立体的に書き綴る。緩急よろしきを得た叙述になつてゐる。激情をもつて書いてゐる。作品は生々として熱つぽくなつてゐる。

泰淳氏の「女について」といふ論文に「作家は一人のこらず『女、女、女』と想いつめて暮している。女が書きたい、書かねばならぬ。完全に女を書きあげなければ、死んでも死にきれない、と考えているものである。もしも女を甘くしかとりあつかえないなら、その作家は何を書いても表面的にしか対象をつかみ得ないであろう……」と云つてある。「作家は一人のこらず……」といふのは泰淳氏の覚悟のことで、作家として見事な覚悟である。泰淳氏はその説を実践に移してゐる。

いろんな女を書ける作家は、いろんな男も書ける。空を飛ぶヘリコプターが地上に影を写し、その影の動きが土地の凹凸をはつきりさせるやうなものである。自然に迂余曲折が現はれる。そんな作家は鍵束を腰につけてゐるやうなものだ。だから、いろんな題材を無理なく扱ふことが出来る。題材が豊富である。作品に奥行きがある。一作ごとに題材に趨異があるといふことだ。泰淳氏が早くから貫録のある作家と見られてゐたのはそのためだらう。

冒頭の三行の巧みなフック（つかみ）とともに、武田泰淳の文学の魅力を「女」に焦点を当てて述べていく展開が、引用の効果も含め小評論の趣を持っている。話題が「男」に転じてからの「ヘリコプター」の比喩の登場には、驚き、思わず笑ってしまうのだが。

★『南方熊楠全集』全10巻 別巻2、平凡社、一九七一－七五年、全集内容見本より

介紹　南方熊楠君——犬養木堂宛

孫文

木堂先生足下。弟かつて先生と談じて、昔年英京にありて交わるを獲《え》し一の貴国の奇人南方熊楠君に及ぶ。今、君が里《くに》に返るを聞くにより、特に和歌山県に来たりてこれを訪《たず》ぬ。相見《まみ》えてはなはだ歓び、流連して返るを忘る。縦談の間、弟先生と忘形の交りをなせるに道《い》い及ぶ。君もとより先生の盛名を耳に熟す。しかして弟の故をもってさらに先生に一識せんことを思い、二月の後に上京拝謁せんと擬《ほっ》す。弟特に寸紙に托しもって介紹をなす。君は欧米に游学すること二十年ならんとし、数国の語言文字に博通し、その哲学理学の精深なるは、泰西の専門名

家といえどもつねに驚倒をなす。しかして植物学の一門においてもっとも造詣をなせり。君は名利に心なく、志を学に苦しめ、独立し特《ひとり》行くこと十余年一日のごとし。まことに人の及ぶべきにあらざるなり。〔原漢文〕

（明治三十四年）

紹介状が推薦文として採録されている珍しい例。若き日、孫文と熊楠は、ロンドンで親交を得た。一九〇一年、和歌山での再会後、亡命中の孫文は庇護者であった犬養毅（号は木堂）へ敬愛する友人の南方熊楠の紹介を試みる。だが、この書状は使われることがなく、南方家に保存されていたという。文中の「弟」は自分の謙称。

★『吉田健一著作集』全30巻 補巻2、集英社、一九七八–八一年、全集内容見本より

食堂車での感想

丸谷才一

先日の午後、食堂車でハム・サラダを肴にビールを飲んで、非常にいい気持だつた。ハムは上等で、切り方も厚いし、ビールの冷え加減もよく、それに食堂車の混み具合も頃合だつたのである。つまり、鼠に引かれさうでもなければ、満員すしづめでもなかつた。わたしはビールのお代りをしてから、これで窓の外が夕景色ならまさしく吉田健一の一ページだ、と満足してゐた。そして、しかし夕方になれば混んで来るから、かういふのんびりした趣はなくなるな、などと思ひ直したりした。

この、食堂車で酒を飲む楽しさは、吉田さんがはじめて書いたもので、それまでは日本文学のなかにないものだつた。鉄道がはじまつたのはずいぶん昔のことで、それからしばらくすると食堂車が出来たはずだから、この楽しさは長いあひだ、吉田さんに書いてもらふためにひつそりと待つてゐたわけである。ちようど新種の蝶が、博物学者に採集してもらふために、谷間を舞ひつづけてゐたと同じやうに。

さう言へば夕方といふ時刻の潤ひのある感じもまた、吉田さんが発見したやうなものだつた。こつちのほうになると、食堂車のビールとは違つてさすがにいろいろの人が書いてゐると思ふが、それでもこの夕方の感じと人生の日常とを吉田さんほどしつかりと結びつけ、納得のゆくかたちで定着した人はほかにゐなかつた。われわれは今後、吉田さんに教はつた以外の見方で夕暮の光を見ることはむづかしいやうな気がする。

こんなふうに前人未踏のことを成就しながら、しかし別に気張らず、ごくあつさりと、何でもない当り前のことのやうにしてゐるのが吉田健一といふ人だつた。もつとも、さうするしかなかつたのかもしれない。吉田さんの発見したかずかずのもの（食堂車のビールから夕暮の光の潤ひまで、詩を暗誦する喜びから群馬県の豚肉まで、父親とのつきあひを交遊としてとらへることから街の古びを大事にすることまで）は、考へてみれば、どれもこれもごく当り前のものなのである。別にびつくりすることはない。それゆゑわたしはああいふふうに書いたのだと吉田さんは言ふだらう。

　吉田さんの発見したのは、総じて言へば人生の価値といふものだつた。そんなものを発見だなんてをかしい、と考へるのは、近代日本文学のとてつもないゆがみ方を知らない人である。われわれは明治末年の文学的革命以後、一体どういふわけなのか、人生は無価値なものと判断するのがしやれてゐて文学的だと思ひ込んだのだ。その迷信を正すのに、吉田さんほど勇敢だつた人はほかにゐない。吉田さんほど正直にそして上品に少数意見を述べつづけた人はほかにゐない。優雅な趣味と稜々たる気骨とが、まるでメダルの裏表のやうに背中あはせになつてゐるのが吉田さんの生き方だつた。

食堂車で酒を飲む。これが吉田健一によって発見された人生の楽しみなのだと教えられれば、にわかに『汽車旅の酒』が読みたくなるかもしれない。小関和弘『鉄道の文学誌』には吉田健一への言及はないが、食堂車でワインを飲む朝の東海道線の情景を詠んだ若山牧水の短歌「草ふかき富士の裾野をゆく汽車のその食堂の朝の葡萄酒」（一九一〇）が引用されている。

★『幸田文全集』全23巻、岩波書店、一九九四－九七年、全集内容見本より

名人芸

大庭みな子

幸田文の行間からはどうしようもない生命のあがきが伝わってくる。ときに、連なり合う啖呵が際限もなくほとばしり出るかと思える。とはいえ、ついと反らして沼に身を沈め、思わぬところにしゃきりと顔を上げる名人芸のあでやかさがある。晩年の「木」などになると、その根の深いところで吸い上げる水の音が、若い頃のとび散るものから遠のいてやわらかに強く響いてくる。

幸田文への共感が、まさしくそれ自体、「やわらかに強く響いてくる」印象がある。「どうしようもない生命のあがき」を伝えて、過剰な比喩表現を避け、それだけに文章の流れに、凛としたたたずまいを感じさせる。

★『牧野信一全集』全6巻、筑摩書房、二〇〇二―〇三年、全集内容見本より

〈夢〉という名の娘を連れて

久世光彦

　牧野信一というと、アメリカの田舎町で〈聖書〉を売り歩いている「ペーパー・ムーン」のライアン・オニールの姿を思い出す。幼い娘連れのこの中年男を、街の人たちは胡散《うさん》臭そうに眺めるだけで、〈聖書〉はちっとも売れない。一冊でも売れた日は、木賃宿でこましゃくれた娘と酒を酌み交わす。彼の聖書には、〈ゼーロンの章〉とか〈鬼涙村《きなだむら》の章〉とかがあって、思い悩む人々の魂を静かに救ってくれるはずなのに、彼は今日も草臥《くたび》れた靴を引きずって夕暮れの町をゆく。

——それにしても、牧野信一が終生連れ歩いていたあの娘は、いったい何だった

のだろう。

『ペーパー・ムーン』は一九七三年制作のアメリカ映画。人を欺いて聖書を売り歩く詐欺師が、亡くなった恋人の娘を連れて旅をするロード・ムービー。一見すると平易な書き方だが、男の売る聖書に牧野信一の小説をはさむという、意外に手の込んだ演出をしている文。

★『大江健三郎同時代論集』全10巻、岩波書店、一九八〇－八一年、全集内容見本より

（『大江健三郎同時代論集』に寄せて）

井上ひさし

戦後にとっての新憲法、少年野球にとっての健康ボール、川上哲治にとっての九五六グラムの赤バット、民主主義にとっての少数意見尊重、ストリッパーにとってのバタフライ、天皇にとっての鼻下のひげ、上京学生にとっての外食券、岩波にとっての広辞苑、テレビにとっての御成婚、アンポにとっての国会デモ、岸首相にとっての後楽園、俳人にとっての五七五、個人にとっての体験、具志堅用高にとっての六オンスのグラヴ、ヒロシマにとっての広島カープ、ツービートにとってのブスババいじめ、志にとっての持続性、鳥にとっての空、魚にとっての

水、もぐらにとっての土、土にとっての樹木、ヒトにとっての地球、大江健三郎氏にとってのエッセイ・評論の仕事、みんななくてかなわぬ大事なものだ。そして大江健三郎氏のエッセイ・評論は、僕にとり、戦後にとっての新憲法……（ト冒頭に戻る）

大江健三郎の時代状況へ向けたエッセイ・評論が、「なくてかなわぬ大事なもの」であることを明示するために、いかにも井上ひさし流の軽妙さで、一九八〇年代初め頃には周知であったキーワードが列挙される。ここに感ずる古さこそ、同時代へ誠実に向き合った証明なのだ。

★『〈決定版〉堀辰雄全集』全8巻 別巻2、筑摩書房、一九七七－八〇年、全集内容見本より

青春の讃歌と挽歌

円地文子

堀辰雄さんの文学には高原の澄んだ大気の中を渡る風のような爽やかな匂いと共に、澄んでいること、爽やかなことそれ自体の醸し出す一種の憂愁がある。

それは永遠の青春とも言うべきもので、年齢を重ねて行くにつけ、私たちの心に故郷のなつかしさを感じさせると同時に、次々に生れて来る新しい世代の若い読者が、自分たちの青春と重ね合わせて、堀辰雄の青春をなつかしみ、憧憬するのではあるまいか。

こういう作家は、不死鳥のようにいくら時代が変り青春の様相が変っても、い

く度でも生れかわって来て、青春の讃歌とエレジイを読者の心に与えてくれるのだと思う。

円地文子と堀辰雄は、作風こそ異なるが、ほぼ同年齢でともに日本の王朝文学に傾倒し、また軽井沢ゆかりの文学者としても共通点がある。「青春」と「憂愁」の触れかたに修辞的表現への配慮があり、こうした抑えた筆致から醸し出される堀辰雄像も魅力的だ。

★『中山義秀全集』全9巻、新潮社、一九七一－七二年、全集内容見本より

なつかしい文学

八木義徳

東北の山国者の濃い血のなかから、俺の文学は生れた、というのが、酔ったときの中山義秀氏の口癖であった。この言葉を発するときの氏の酔顔は、私などの眼に、あるときは悲しげにみえ、あるときは誇らしげにみえ、そしてあるときは怨めしげにみえた。

東北、山国者、濃い血。この三つの言葉を、いまあらためてここに置きなられべてみると、いかにも義秀文学を支える三本柱はこれか、と思う。

東北という風土の持つ、あの暗く重い力。山国者の持つ、あのほとんど狷介と

もいうべき孤独性。そして濃い血というものの持つ、あの鬱屈した激情。それが現代小説であれ、歴史小説であれ、氏の描く文学世界の主人公たちは、ほとんど例外なくこのような性格をあたえられている。すなわち、作者自身の分身といっていい。しかもまた、これらの主人公たちはほとんど例外なく彼等自身の不遇な、もしくは不条理な運命への執拗果敢な挑戦者であり、同時に悲劇的な敗北者である。そして、それがついにむざんな敗北に終ったことを知ったとき、これら妥協と術策を知らぬ無器用な魂の所有者たちは、ただものいわぬ天地自然にむかって慟哭する、という以外のすべを知らない。

　氏の文学の愛読者ならば、この〝慟哭〟というきわめて男性的な悲傷の情を、作者がいかに痛切な思いをこめてその作中の人物たちに託しているか、すでにご承知であろう。

　生前の氏のもっとも憎んだものは、軽薄と偽善であり、もっとも愛したものは、まだ土の香を失わぬ野性の醇朴であった。そして氏自身の不羈な野性は、時として無頼に乱れ、その激情は時としてギラリ日本刀をひき抜かしめた。だが、斬られるのはむしろ氏自身であった。そういうときの氏の、一種名状しがたい哀しみの顔を、私は幾度か目撃している。

なつかしい文学。もしそういうものがあるとすれば、私自身にとっては、義秀文学こそ、まさしくそれである。

東北の会津出身の意味を丁寧に語りながら、風土の持つ屈折した文学的特質を作家への敬愛とともに、静かに記す。中山義秀が「無器用な魂の所有者たち」の「慟哭」の表現に託した思いに及んだところなど、とりわけ読む者の心の奥に届き、忘れ難い印象を残す。

★『長谷川四郎全集』全16巻、晶文社、一九七六―七八年、全集内容見本より

長谷川四郎のこと

吉田秀和

そのころ――というのは、ほとんど四十年ちかくまえのことだが――ぼくが、荻窪の駅でおりて、ながいみちを、坂をくだったり踏切りをこえたりして、彼のうちにゆくと、彼はアトリエみたいなひろい部屋にすんでいた。彼は、たいてい、うちにいるという噂だったので、ぼくは、どこにゆくあてもなくて、しかも、だれかにあいたいときに、安心して彼をたずねることができたのだった。

彼は、おもむろに、サティの《梨の形をした曲》だとか、《ジムノペディー》だとかのレコードを、どこからかだしてきて、かけてくれた。《まずしきものた

ちのためのミサ》の作曲家の音楽は、うすぐらい部屋のなかで、ひとがこまった時にする、あのうすわらいみたいにひびいた。

　ぼくたちは、ふたりとも、おかねがなかったけれど、それでも、五月のうつくしい午後を、そとにでて、あるきたくなってきた。長谷川は、岩波文庫を何冊かえらびとって、古本屋で売るべく、わきにかかえた。彼は、いがくり坊主の詰襟姿で、学校の小使さんみたいだった。あのころ、岩波文庫は、新本で、星一つが二十銭だった。古本屋で買うときは、マルクスだろうと、スチルネルだろうと、みんな、十銭。そうして、古本屋は、それをまた、ぼくたちから、星一つ、五銭のわりで、かいとった。

　……それから一時間ほどして、ぼくたちは、どういう次第だったか、明治神宮外苑の芝生でねそべっていた。長谷川は、ヒトラー＝ムソリーニのヴェネチア会議のことを、ぼそっと話した。ナチの威勢がいいので、心配してるようだった。ぼくは、さっきのサティの単純な音楽をおもいだしながら、六人組なんて連中が時めいているのは、ドビュッシーがはやく死にすぎたからだろう。世紀末のビアズレー趣味を脱したドビュッシーというものがいたら、フランスの現代音楽派は、もっと、ちがっていたろうに、と考えていた。

　そのころの長谷川は、リルケとヘッセの童話をみんな翻訳してしまったという噂だった。彼自身も、古代の彫刻みたいな詩をかいていた。それから北海道の海みたいに、灰色で、うっすらとつめたい小説をかいていた。

　……それから、ながい戦争があった。

　満鉄の図書館に就職した長谷川は大連からスペイン戦争の雲行きについてハガキをよこし、ぼくは東京から「イカダにのりて海にうかばん」とハガキに書いてやったりした。

　戦争がおわって、ぼくたちがトーモロコシの粉をたべてるころ、彼はシベリアからかえってきた。やせて、歯がかけて、眼ばかりひからせて。

「ソ連にも、いやなことがあるけれど、日本はもっとわるく、土台がくさってる」というのが、彼の意見だと、ぼくたち共通の友人が、話してくれた。

（『みすず』一九五九年六月号より加筆転載）

長谷川四郎は二十歳のころ、後に考古学者になる友人を介して吉田秀和と親しくなった。二人の若き日の交遊の情景が、サティのピアノ曲のゆるやかな旋律とともに聞こえてくる。第四段落の神宮外苑の芝生の場面、心揺さぶられ、何度も読んでしまう。

★『埴谷雄高作品集』全15巻 別巻1、河出書房新社、一九七一－八七年、全集内容見本より

(『埴谷雄高作品集』に寄せて)

高橋和巳

人類はこれまで過去の経験を何らかのかたちで現在に生かすすべは知っていた。また未来についても、魔術で占い、あるいは宗教的に予言し、科学で推測しようとはしてきた。しかし、人間の精神はその本性において未来的なものであり、その未来からの不可視の使者として理性や想像力はあるということを、意外にも人々はほとんど気付かなかったのである。

埴谷雄高氏の文学は、徹頭徹尾、その未来からの光の、ひそかな暗示、あるいは論理的な啓示によってなっている。人が筆をとって紙上に何事かを刻みつけよ

うとするとき、また人が刻みつけられた文字を覗き込んで共感するとき、常にそこにはありうべき未来の栄光と、未だ到りえざる苦悩とがあるのである。意識の変容から存在の革命へ、そして人間関係の総体的な変革。埴谷文学は、青年たちの魂を、いまだかつてなき世界へと牽引してゆかずにはおかないのである。

大きなスケール感のある思索から、「いまだかつてなき世界へと牽引」する埴谷文学、そして文学そのものの本源に触れる。「未来」に向かう精神の方位は揺れることがない文章だ。一方で、若くして死んだ高橋和己自身の文学の未完の「未来」を思わざるをえない。

★『中里介山全集』全20巻、筑摩書房、一九七〇－七二年、全集内容見本より

小説とはかくも恐るべきものであるか！

武田泰淳

中里介山。このような特別な異常な大作家が、どうやって出現し、存在し得たのだろうか。それを想い起すたびに、目くるめくような疑問、はても知れず底ぶかい難題の前に立たされるのを感ずる。「大衆文学」と称される分野において、わが日本文学は、吉川英治、大仏次郎、山本周五郎など、多くのすぐれた作家を生むことができた。彼らの雄大にして堅実な作品が愛読されるのは、正しい。だが、大長篇「大菩薩峠」、この予言的な作品が私たちを魅惑し、あるいはおびやかすのは、何かしら他の大衆文学の傑作とはちがった、本質的な新しさが、天界

の惨劇の如く、地獄の灯明の如く、ゆらめいているからである。どうして、机竜之助はこの地上に生れ、生きつづけなければならないのか。この作品が書きつづけられているあいだ、その社会的、あるいは哲学的の深い深い意味を悟ることはむずかしかった。だが、第二次大戦の流血と悲鳴がおわったあと、このたぐいまれなる剣客、殺人者、放浪者、いかなる政党政派、主義主張からも縛られることのない行動者の姿は、世界的な視野の中で、はっきりと見なおされてきたのである。軽薄なフリー・セックス論がもてはやされるより、数十年も早く、ツクエリュウノスケは、あまたのオンナをころした。あたかもドストエフスキーの創造した、ラスコーリニコフ、スタヴローギン、スヴィドリガイロフ、あるいはカラマーゾフ一家の如く、人類の根源的な重くるしさを荷なった人物として、いいかげんにすまそうとするニセ安定派に、深刻な不安を投げかける。そして、仏教的な全体性を手ばなすまいとした、作者の慧知と執念によって、日本の老若男女の、あるいは可憐な、あるいはけなげな、あるいはむごたらしい、あるいは愉快な生き方が、まるで悪魔をとりかこむ天使の群のように描きつくされている。小説とは、かくも恐るべきものであるか。人間とは、かくも非人間的なまでになまぐさいものであるか。

読み進めるにつれ、気分がざわめき、昂揚していく。読者のみならず、泰淳自身が書きながら目くるめく思いがしているのではないか。この「異常な大作家」を薦めるために、世界文学の視野でドストエフスキーの悪党たちも招き入れ、最後の文にいたる圧倒的な凄み。

【全集に寄せた自薦の言葉】

★『丹羽文雄文学全集』全28巻、講談社、一九七四－七六年、全集内容見本より

著者の言葉

丹羽文雄

四十年の文学生活が約十二万枚の原稿紙を費した。その四分の一を責任編集者に選んでもらった。私の文学は、人間は如何に生くべきかというテーマを追究するものであった。親鸞にぶつかったのは、僧籍の出であったからというだけでなく、当然親鸞にめぐり合わねばならなかった。が、どうやら私は死ぬまで、人間はあやまちを犯さずには

生きられないように出来ていると、そのことを小説に書きつづけることになるだろう。

★『小島信夫全集』全6巻、講談社、一九七一年、全集内容見本より

（作家の言葉）

小島信夫

幸か不幸か、作風のせいもあって私の作品の大部分は発表当時本になったものも、その後あまり人眼にふれていない。読んで見たいという人も多少はあるときく。また私は出来るだけ長生きをして、これからの自分にこそ期待したいと思っているので、その踏台にもという気持がある。こういう二つの理由で過去の作品を集めてもらえることは、私にとっては実にありがたいのです。

★『永井龍男全集』全12巻、講談社、一九八一―八二年、全集内容見本より

刊行によせて

永井龍男

小さな栖処《すみか》を出ていった。

ここまでは、人並みの若さと云うものであったが、半生を経て気がついてみると、わが身はいつの間にか埃にまみれて、元の小さな栖処へ戻っていた。なにか、手応えを求めて出て行ったに違いないのだが、どこをどのように歩いていたものか、本人には分明ではない。

一口に云って、私の所業はそんなところである。

何を書いたか、何か書けたか、つくづく不才を嘆き、古傷の疼《うず》きに

叫びをあげるような愚行も重ねたが、この十二巻に収めた片々たる文章は、その折々に書き止めた、もどかしい手仕事ということになるであろうか。

★『幸田文全集』全7巻、中央公論社、一九五八－五九年、全集内容見本より

（作家の言葉）

幸田 文

全集の案を示されたとき、これはごつた煮のお惣菜がえらくくりつぱなお皿へのつかることなのだなと思つた。

全集といふものは、――つねに書くことといのちを向きあはせにしながら、長いことじつくりやつてきた人の作品を、何巻かの本に纏めて出すことだと思つてゐた。

私はお皿がよすぎてこそばゆいのだが、うれしく全集へのらうとする。

丹羽文雄の自薦の言葉から、何よりもまず旺盛な仕事量を計算してしまう。四十年間で十二万枚となれば、年に三千枚、一日で八枚強（もっと書いているぞ、という作家がいるかもしれないが）。全二八巻の全集でも四分の一の原稿を収めるだけならば、全作品では一一二巻。永井龍男の「もどかしい手仕事」として「十二巻に収めた片々たる文章」と対照的だ。しかし、もちろん永井の内省的口調には自負がのぞく。幸田文の「全集」への比喩はいかにも台所の作家にふさわしい。りっぱすぎてこそばゆいが、「うれしく全集」というお皿にのるとなれば、読む方もうれしくなる。

可笑しいのは小島信夫の屈折ぶり。いきなり「幸か不幸か……」となる。「残念ながら……」などと凡庸なことは言わない。この中仕切りとしての全集刊行に、「これからの自分にこそ期待したい」と思っている作家の内心は少しこじれている。でも、やはり最後に「実にありがたいのです」と言い切って、やれやれと言ったところか。実際、小島信夫はこの後に『別れる理由』をはじめ、多くの作品を書き継ぐ。

III

★『〈復刊〉フローベール全集』全10巻 別巻1、筑摩書房、一九九八年、全集内容見本より

フローベール全集刊行について

井上 靖

私は戦争の末期、トルストイ、ドストエフスキー、ゴーゴリ、バルザック、スタンダール、フローベールなどの全集を持っていた。いずれももう文学全集などというものが絶対に入手できない時代が来ると思って、戦争の初期に買い込んだものであった。昭和二十年の春の疎開騒ぎの時と、戦後の金に困った時代に、それらをどうしようもなくて、次々に手離して行った。結局はすべての全集が私の手許からなくなってしまったが、最後まで残っていたものは、改造社の『フロオベエル全集』の特製本だった。白い箱入の書物だが、箱の白さは銀色に光ってお

り、書物の表紙も同質のものだった。私は最後に二足三文にその『フロオベエル全集』を手離す時、『ボヴァリー夫人』と『感情教育』の二冊だけを残した。それから暫くして『感情教育』を入院中の友人の見舞に送り、『ボヴァリー夫人』だけが一冊残った。その本はいまも持っている。

　当時私は自分が小説家になるつもりはなかったが、フローベールに依って、特に『ボヴァリー夫人』に依って、小説というものがいかなるものかを教わり、作家の人間を見る眼がどのようなものかを教わった。小説について教えられた許りでなく、人生というものについても教えられた。ボヴァリー夫人を中心にした仮構の世界から教わったものが、五十何年生きて来た現実の人生から教わったものより大きいということは、多少困ったことだと思うが、事実である以上仕方ない。この作品を読まなかったら、純粋に小説の要素だけで組み立てられた作品の世界の確かさを今のように信ずることができたかどうか判らないと思う。

　こんどこそ、筑摩書房の『フローベール全集』は、私の生きている限り、私の書架から消えることはないだろう。

（一九六五）

銀色に光る白い箱入の全集の特製本。表紙もまた同質。本への愛着はその造本とともにある。『ボヴァリー夫人』の「仮構の世界」は、「現実の人生から教わったものより大きい」とも言う。フローベールへのそうした個人的な思い入れの深さに具体的な説得力がある。

★『プルースト全集』全18巻 別巻1、筑摩書房、一九八四－九九年、全集内容見本より

今日、プルーストを

中村真一郎

今日、プルーストを読み返すのは、どのような意味があるか。

第一に、世界的に小説という文学ジャンルが、その本来の愉しさを失いつつある現在、改めてプルーストを読み返すことは、もう一度、小説を読むという快楽の味を取り返すことになる。あの皮肉屋の英国の小説家サマセット・モームは、『失われた時を求めて』を通読する人間はばかだ。自分は五回しか通読していない、と逆説的に語っていたが、一度も通して読まないままで終ってしまう者を想像すると、哀れさに耐えられない。

第二に、現今、二十世紀が終りに近付くにつれ、前世紀末に関する興味が一斉に復活しつつあるが、プルーストこそ、かのファン・デュ・シエークルの最良の証言なのである。凡百の研究書に当るより、『失われた時』は、当時の社会と心理との幻影を蜃気楼のように目のあたりに立ち戻らせてくれる。

第三に、私たち日本人にとって、プルーストの小説には、わが小説伝統と奇妙にコンジェニアルな要素があって、それが私たちを特殊に『失われた時』に惹きつけるのである。あるいは世界のどこの国民とも異るものを、この小説のなかに読みとる能力を私たち日本人は与えられている。この小説伝統とは『源氏』や『狭衣』や『寝覚め』や『とりかへばや』などの一連の長大な王朝物語であり、そこでは私たちのスワン氏やシャルリュス男爵やオデット・ド・クレシーやゲルマント公爵夫人たちが、曲折を極めた幽暗な文体のなかに出没している。

小説を読む愉楽をいかに取り戻すか、そのためになぜプルーストが重要なのか、簡潔な表現で持論を展開している。モームの逆説的な引用も効果的だ。中村真一郎らしい広い文学的視野で、プルーストと日本の王朝文学との読みの連動の可能性も示す説得力ある文。

★『ポォル・ヴァレリイ全集』全17巻（中絶）、筑摩書房、一九四二―四七年、全集内容見本より

（『ポォル・ヴァレリイ全集』に寄せて）

高村光太郎

どんな自明の事のやうに見える事柄をも、もう一度自分の頭でよく考へ直してみる。どんな思考の単位のやうに見える事柄をも、もう一度分子に分けてよく観察してみる。どんな無縁のやうに見える事柄同志をも、もう一度その相関関係の有無をよくたづねてみる。さういふことの習慣が人にパンセすることを可能にさせる。考へる事無しにも此世は過せる。しかし考へる事無しには此世をみつちり過し得ないし、真理といふやうなものを追及する手がかりを持ち得ない。真理はもう既に此世にあるのではなく、真理はいつでも新らしく人が強力に創り出さね

ば真理が真理でなくなるのである。ヴァレリイの如きは、さういふ意味で、真理を真理たらしめるために、いつでも新らしい精密な思考を到るところに行じてゐる者の随一である。ヴァレリイと同じく考へる必要はないが、彼の持つ如き習慣はわれわれも亦それに輪をかけて持つ方がいい。一度は通過すべき頭脳であるにちがひない。

ヴァレリイの名篇は「芸術的直観と科学的な思考の結合の所産」（田辺元）となれば当然だが、この全集内容見本には思弁的な省察が目につく。高村光太郎の文もまた、ステップを踏んで確認していくような言葉の運びが、大きな思索のリズムを作っている。

★『アナトオル・フランス短篇小説全集』全7巻、白水社、一九三九－四〇年、全集内容見本より

飜訳は比較

柳田國男

写真にとられる子ども、もしくは細めに窓をあけて、誰かに見られて居る下で、遊んで居る子どものやうな気もちを、アナトオル・フランスを読むたびに、いつも私などは感ぜずには居られなかつた。作者はたしかに我々のそばへ来て立つて居る。さうして時々は当人よりももつと一生懸命に、所作の移り動きを追ひかけて居る。それで居て如何なるもののはずみにも、仲間には加はらうとしないのである。鏡に向つても見られないうしろ姿、もしくは鏡を忘れて居る瞬間の隈どりや色あひを、この人だけがぢつと見て写し取つて居た。それを子供のやうにたゞ

うれしいとも思へないかは知らぬが、ともかくも今のやうな激情の生活の続く世の中では、たまには斯ういふ親切な傍観者が近くに来て居るといふことを、想像するだけでも休息であり、又薬である。

草枕の非人情は、あまりに禅であつてよく解らなかつたが、やつぱりこの態度の文学がほしいといふことでは無かつたかと思ふ。どうして日本では同化文学、悪くいへば捲込まれ文学が斯う盛んであるかには、余儀無い理由が幾つでもあらうが、一つには文章の技芸が絵や彫刻ほどに、重んぜられて居ない結果とも見られる。アナトオル・フランスの文章の自由さと安らかさを、何人よりも深く敬慕して居られる現代第一級の読書家たちが、心を揃へて是を日本の国語に結び付けて見ようとせられる努力には、自分は大いなる期待をかけずには居られない。仮に日本の文章の不可能な点を、明かにしたゞけでも、なほ有益な参考にはなる。それを跳り越えて我々は進まなければならぬからである。あらゆる文物が比較を必要とするやうに、文章道に於ても之を試みなければならぬ時節が到来した。寧ろ両国の言語に精通した読者こそ、この難事業を支持しなければならぬと思ふ。

若き日の柳田國男がアナトオル・フランスの小説を愛読していたことは、よく知られている。この文は後半に入って霧が晴れるように明瞭になっていく気配があるものの、前半は冒頭の比喩からして、趣意がどこに向かうのか摑みがたい不思議な妙味がある。

★『オスカー・ワイルド全集』全5巻、青土社、一九八〇―八一年、全集内容見本より

イノサンスの怪物

澁澤龍彦

ワイルドは、きらきらした人工的なもので身を鎧った、イノサンスの怪物だ。一直線で十八世紀のサドに通じるものがある。十九世紀末の或る晴れた日に、ワイルドが大笑いしながら乾坤一擲の嘘をつく。ここから二十世紀のエクリチュールがはじまる。その筋道が自然に読みとれなければ、私たちがワイルドに親しむ意味はないだろう。

タイトルの「イノサンスの怪物」とは、日常的秩序をゆさぶる「過激なる純真さを持つ者」の意味であろう。「大笑いしながら乾坤一擲の嘘をつく」とは、そのような「過激なる純真さ」の所業のことだ。また、ここで「筋道」と述べられている事実には、判る人には判る挑発的な断言の小気味よさがある。

★『ヴァージニア・ウルフ著作集』全8巻、みすず書房、一九七六－七七年、全集内容見本より

「ダロウェイ夫人」

庄野潤三

十数年前になるが、たまたま散歩の途中に立ち寄った、郊外町のひっそりした本屋で手に取った書物の中で（それは何人かの外国文学者の共同執筆によるものであった）、福原麟太郎氏は、もし自分がイギリス文学らしい作品を五つだけ選ぶとしたら、何と何を残すだろうかという問いを出しておられた。

ミルトンの「サムソン・アゴニステス」というのがあった。キーツの詩集があった。シェイクスピアやラムは、最後にはどうなったのだろう。私の思い違いでないことを祈るのだが、ヴァージニア・ウルフの「ダロウェイ夫人」が選に入っ

たのではなかったか。

ロンドンに住む下院議員の奥さんが、今日は夜会を開くというので、ボンド街へ花を買いに出かける。時は六月、気持のいい朝である。この奥さんの心に起った事柄が、次から次へと書きとめられてゆく。

ただそれだけの筋でありながら、さまざまな楽器の音色がひとつに融け合った、オーケストラのいい音楽を聞いた心地がするという。

福原さんのたたえている、この風変りな作品が、一年近く、ひとつの小説を書こうとして、雑多で些末なエピソードにどうすれば芸術的な纏まりを与えられるか、考えあぐねていた私に、助け舟を出してくれるかも知れないという希望が生じた。

よほどの恵まれた才能、人生に対する不撓不屈の誠実さが無ければ、とてもこんな小説は書けるものではないと間もなく分ったのだが。

庄野潤三はニュージーランド生まれのイギリス作家キャサリン・マンスフィールドの短篇小説を繰り返し読んだが（とりわけ「船の旅」）、ここでは、精緻な方法意識を持つモダニズム作家ヴァージニア・ウルフへの率直な関心を示す。「些末なエピソード」をまとめる庄野の創作上のヒントや「助け舟」となったのは、『引潮』（一九七七）ではないかと思う。

★『ノーマン・メイラー全集』全8巻、新潮社、一九六九年、全集内容見本より

想像的合衆国の大統領

倉橋由美子

ノーマン・メイラーといえば、わたしはかん高い声でよく吠える犬を連想する。また、あの饒舌にみちた自己顕示的文体からすると、彼には睾丸《ボールス》がないか、あってもひとつだけかもしれないと思ったりする。しかしメイラーはアメリカの毒を喰った病める犬として吠えているのである。その声は、わたしたちのなかの病める犬を興奮させずにはおかない。

　もしもこのスキャンダラスな作家がアメリカという癌のなかの癌として自己を形成することに成功するならば、そのとき彼は想像的合衆国の大統領となるだろ

う。

啖呵を切る声が聞こえてきそうだ。この過激な物言いこそ、ノーマン・メイラーにふさわしい。傑作、失敗作、問題作、快作が混在し、私生活では妻への刺傷事件、六回の結婚、政界と映画界への野望と挫折といった愚直に自己顕示の作家的人生を送った異才だからだ。

★『ヘッセ全集』全10巻、新潮社、一九八二―八三年、全集内容見本より

楽しみな全集

黒柳徹子

ノーベル賞をうけたこの文豪は、未知の若い人達が悩みを訴える手紙に長い返事を書いた。共に悩むものとして。それは暖かい励ましの返事だった。ヘッセは旧式な教育の車輪の下じきになりかけ、再度自殺に追いこまれたが母の愛によって救われた。そういう体験から返事を書き、そして、詩を、小説を書いた。私はヘッセの詩を読みながら、いつも涙を流す。「人生は素晴しい」「人生は生きるに値いする」、とヘッセは語りかけてくれているのに。こんなに、ぼんやり育った私の胸さえも、ヘッセは、ゆさぶってしまう。このヘッセと九回も逢い、長い間

の心のつながりを生かして翻訳した高橋健二先生。私と先生とは、ケストナーの作品を通してお知りあいになって、もう二十五年。私は『孤独者の音楽』の作者の全集を楽しみにしている。

ヘッセの作品は、永遠の青春文学と謳われる。しかし、若き日だけではなく、全人生の書としてのヘッセ文学への思いを率直な心情とともに伝えている。詩、および静かな思索を誘う最晩年の『孤独者の音楽』への言及は、この作家への並みならぬ共感がうかがわれる。

★『〈新版〉荷風全集』全30巻、岩波書店、一九九二－九五年、全集内容見本より

（『〈新版〉荷風全集』に寄せて）

新藤兼人

濹東綺譚を映画化するにあたって断腸亭日乗からはいった。昭和十一年九月から十月にかけての断腸亭日乗を繙けば、小説濹東綺譚よりも詳しい実録濹東綺譚がある。断腸亭日乗は秘密の小箱だ。荷風が何を食って、いかなる女性に接し、どんな原稿用紙に筆をはしらせたかを手にとるように知ることができる。かくもあけっぴろげに己れをさらけ出した文学者がいるだろうか。いま再び装いあらたに断腸花ひらく。

新藤兼人がいかに荷風を読み込んできたか、『『断腸亭日乗』を読む』から多くの人が納得するであろう。『濹東綺譚』の映画化は八十歳の年。晩年の生の壮烈。「食べながら歯の間に肉が挟まった感じで……」と、大黒屋でかつ丼を噛み切ろうとする老残の荷風を演じる津川雅彦への監督の細やかな指示には感心する（小野民樹『新藤兼人伝——未完の日本映画史』による）。

★『夢野久作全集』全7巻、三一書房、一九六九－七〇年、全集内容見本より

桜吹雪の血の魅力

鈴木清順

素晴らしい名前です――夢野久作。

桜の花びらのよおな血がひらひら流れています。ちょっぴり人を戸惑わせ、手古摺らせ、北叟笑み、引っ張り込む魅力を桜吹雪のよおに散らせます。一度、その桜の木の下に立てば、こちらの身体は、研いだ刃の青を湛えた桜色に染まり、やがて、桜の一片となって荒地に落ちてゆきます。

推理小説の醍醐味は人に本をすすめることです。それが肯じると、その本を読む人の顔付や顔色を見て楽しむことです。私の友人で、古今東西の推理小説を渉

猟し尽くした男がすすめる本は、『ドグラ・マグラ』か『黒死館殺人事件』です。夢野久作か小栗虫太郎です。二人共日本人です。現代に尚生きていて貰い度い第一番の作家です。その一人、夢野久作が再び生きかえるのが此の全集です。あなたは此の全集を読み、どうぞ人にすすめて下さい。私の友人のよおないたずら者になれとは決して申しませんが、思い切り推理小説の醍醐味を堪能して下さい。

タイトルがそそる。夢野久作のあやかしの世界へのいざない。だが、前半のあたかも文中に桜吹雪を散らせるような描写から、清順映画のシーンがしきりに甦って、気もそぞろになる。はるか昔の私事を一つ。二十歳過ぎのころ、当時あった「日本読書新聞」の書評コンテストに本全集・第一巻で応募した。書店で新聞を買い、入選を確認したものの、何の連絡も来ない。「あやかし」ならぬ現実的な事情を知ったのは、ずっと後のことだ。

★『田村泰次郎選集』全5巻、日本図書センター、二〇〇五年、全集内容見本より

身に滲む面白さ

池部　良

東宝製作「暁の脱走」（昭和二十五年封切）と言う映画に出演しました。撮影に入る前「この映画は田村泰次郎の小説〝春婦伝〟の映画化なんだ。お前に主役の三上上等兵っての演じてもらうんだが、原作は読むな」と谷口監督に言われました。監督の真意は何なのか分らないまま撮影に入りました。

完成試写の日、初めて田村さんにお目にかかりました。田村さんは柔和なお顔で、ぼそっと「泣きました。ちょっと小説とは違いますが」とおっしゃった記憶があります。

その日のうちに「春婦伝」を読みました。

生、性、嫉妬、憎悪、権力を粗暴に露出させた人間像が、まるで煮腐《にくたら》した蛤鍋のように書かれてありました。次元の高い面白さが身に滲《し》みましたが、気持ちが悪くなるほど悲しい小説でした。

でも田村さんは、人間の営みは「愛」への帰依《きえ》に始まると訴えておられたような気がします。

田村さんの全作品を読んでいないのに推薦文を書くのは烏滸《おこ》がましいのですが、敢えて改めて読まれることをお勧めします。


「原作は読むな」という谷口千吉監督の発言の意図は、何だろう。演じる前には「煮腐した蛤鍋」のような人間像を知らない方がいいのかもしれない。「肉体の文学」と言われた田村泰次郎だが、ジョイスやT・S・エリオットなど新しい文学の動向にふれた随想があることは意外に知られていない。

★『武満徹全集』全5巻、小学館、二〇〇二－〇四年、全集内容見本より

新たな武満との遭遇

篠田正浩

私が初めてその男を見かけたのは鎌倉に向かう横須賀線の最終電車だった。混み合う乗客の中にひときわ秀でた額と横顔が私の視線を釘づけにした。車中で異彩を放つその男こそ、助監督だった私の心を摑んでいた《弦楽のためのレクイエム》の作曲家にまちがいないと確信した。この短い曲を、来日していたストラヴィンスキーが聴いて、こんな小さな男がこれほどに厳しい音楽を作るとはと称賛を贈ったものである。数日後、その当人が撮影所に現われて、私の確信は証明された。武満徹との遭遇である。

以来、彼との付き合いは驚きの連続であった。彼は年に三〇〇本も見る映画フリークだった。その知識の該博ぶりは到底私の及ぶところでなかった。どれほど彼から映画に宿る細部の魅力を教わったことか。音楽も映画も時間の芸術である。映像はさまざまなコトバや音を発し、それが音楽に変容する動機をどこで発見するのかを、武満徹は私に語り続けてきた。それだけではすまず、『心中天網島』ではシナリオにまで参加し、卓抜なアイディアを提供してくれた。

ではなぜ、武満徹は映画音楽に深くかかわったか。彼を含め、日本の前衛作曲家たちの仕事を提供する機会を与えてくれたのは映画だったからである。その間、人知れず彼の営為が続き、ようやく、この全集の出版でその巨大な集積回路の全貌を捉えることが可能になった。私ばかりか、今は多くの聴衆が、新たな武満徹と遭遇できるのだ。

映画監督を驚嘆させた武満徹の映画マニアぶりが面白い。篠田正浩と組んだ映画は『乾いた湖』（一九六〇）から『写楽』（一九九五）まで十五本。近松門左衛門の原作に武満も脚本参加した『心中天網島』（一九六九）が代表作。ガムランやトルコ音楽を果敢に用い、毎日映画コンクール音楽賞を受けた。

★『植草甚一 スクラップ・ブック』全41巻、晶文社、一九七六－八〇年、全集内容見本より

植草甚一大学

淀川長治

全四十一巻とはびっくりした。どうびっくりしたかといえば……毎月毎月これだけ〈楽しめる〉というびっくりだ。楽しいぞ。そしてハッと気がついた。これはそうだ〈植草甚一バイブル〉〈植草甚一大学〉だ。

はじめは全四十一巻にびっくりしたが思えばこの著者なら全一七〇巻だって不思議でない。とするとそれをちぢめにちぢめた四十一巻は著者の〈感覚〉のエッセンスなんだ。ぜいたくな本なんだ。

さて内容を覗くとこれがけんらんと面白い。『一九二〇年代のアメリカとエン

タテインメント』これだけでもう胸がときめいた。

このバイブル、毎日心こめて一章読むべし。君をいかに磨くことか。この大学を必ず卒業すべし。もしも君がほんものの教養人になりたければ。しかもこのモダン・ユニヴァーシティの何たる楽しき教室ぞ。

推せんどころか読まねば手遅れだ。愛読し給え。手にして自慢し給え。君の本だ。

そして私はこの植草大学の卒業生となら安心して生涯の心の友、その親友となりたいものである。

「ナウな知識」のすべてに関心を持ちつづけた植草甚一の仕事の「びっくり」を軽快な調子で伝える。この躍動する喜びを伝えるスタイルは、誰にもまねができない。この稀有な映画評論家の肉声を知っている者には、なつかしい口調がよみがえってくるだろう。

★『坂口安吾選集』全12巻、講談社、一九八二－八三年、全集内容見本より

とにかく、胸の大きな男であります！

武田鉄矢

六年も前のことだろうか、坂口安吾の「信長」を読んで深夜一人、そうかそうかと勝手にうなずいたことがある。胸の中になんだか新鮮な空気をふっと一息おくり込まれたような気がしたのだ。人工呼吸の蘇生術で眼を覚したような按配でありました。

さて、それが安吾のどんな文章かといえば、確か信長が戦場で返り血を浴びて、走り廻りながら、ふいに人生を割り切るところだったと思う。

『この世に善も悪もあるものか。あるのは〝マゴコロ〟だけ。しかも、人生はゲ

ームである。迷ったところで何になるのか』。手元にその本がないので、正確ではないと思いますが、そんな安吾の言葉で、うなずいたのであります。

迷う姿は確かに美しく見えるものなのですね。西はハムレットの〝生きるべきか、死すべきか〟。東は国定忠次の〝義理をとるか、人情をとるか〟。……とまあ、舞台のまん中での悩めるポーズは人の心を打つものでありました。が、安吾はからからと嗤う。『ポーズを気にするな、迷う姿が美しい筈はない』そう言い切られて、うなずかざるを得ない。その時の私も、いささか悩みのポーズの中にいたので、はっとしたのでしょう。それ以来、安吾を読み続けて、終ることがありません。

「非常の書」とでもいいましょうか。とにかく、ふっと一息を他人の胸におくり込める胸の大きな男でありますなあ。

「信長」とあるが、引用はアドリブ風で必ずしも典拠はつかめないのだが（「マゴコロ」の言及ならば短篇「織田信長」だ）、いかにもアンゴ的な感懐が記されている。悩めるポーズなど美しくない。こうしたさまざまな切言に「そうか」とうなずく安吾の読書体験に思い当る人も多いであろう。固まったままの思考が「目を覚ましたような按配」でリセットされるのだ。

★『〈愛蔵新書版〉潤一郎訳 源氏物語』全10巻 別巻1、中央公論社、一九七九−八〇年、全集内容見本より

潤一郎訳幻想

河野多恵子

谷崎潤一郎はプレイボーイふうなところのある光源氏が嫌いであった。彼の肩ばかり持つ、と作者紫式部にまで反感を示した。谷崎もまた、生涯に少くない女人を愛した。が、自身も、創造した作中の男性主人公たちも、度はずれの熱心さ、異常な真剣さで女人を愛して、愛の遊びとは無縁なのである。

光源氏と紫式部には反発させられ、現代語訳なる労作では制約される。両面からの狭窄が刺戟となって、作中の夥しい女人たちの一人一人に、谷崎の個性はど

れほど潤沢で奇怪な幻想を見たことか。厖大な源氏物語の現代語訳が三たびもなされた大きな理由の一つは、そうした歓びにあったと思われ、谷崎訳に湛えられている格別の魅力は、その残像のなせる作用のせいでもあるのであろうか。

谷崎潤一郎は「光源氏が嫌いであった」と書き出しに意表をつかれ、次の「紫式部にまで反感を示した」の文で驚嘆する。源氏を通した谷崎の「女人」観が魅力的に浮かび上がり、『谷崎文学と肯定の欲望』をはじめ、谷崎潤一郎の文学を敬愛とともに論じてきた人ならでは卓見。

★『筒井康隆全集』全24巻、新潮社、一九八三—八五年、全集内容見本より

（『筒井康隆全集』に寄せて）

糸井重里

就職試験の面接で、支持する政党や尊敬する人物をたずねる人事担当者がおられる。あれは、時間の無駄だからやめたほうがいい。そのかわり「筒井康隆なんか、好き?」と聞くのだ。読んだことないヒトは問題外。嫌いと答えたら、センスなし。大好きッと叫んだ人間は、危険なヤツなので落としたほうがよい。落ちろ落ちろ、みんな落ちろ。

悪乗りすれすれの反語的口調の軽妙。現今（昔だって）面接試験で支持政党などを聞いてはいけないという質問コードはあるにせよ、「筒井康隆なんか、好き？」という「危険な」問いは、幸か不幸か禁じられていない。ついでながら、筒井康隆のハイデガー哲学入門が面白いと叫んだ人物などは、真っ先に落とした方がいい。

★『山川方夫全集』全7巻、筑摩書房、二〇〇〇年、全集内容見本より

わたしだけの山川方夫

高橋源一郎

好きな作家はたくさんいる。そして、そのほとんどは口に出してその名を言い、原稿にもその理由を書ける人たちである。けれども、その中にほんの僅か、自分の心の中にだけしまっておきたい作家がいて、その一人が山川方夫なのだった。なぜ、しまっておきたいのか。そのことをわたしはうまく説明できない。山川方夫は偉大な作家ではないのかもしれない。だが、偉大であろうがなかろうが、その作家について書きたければわたしは書く。山川方夫の作品を論ずることは難しい。けれども、読み解くのが難しい作品ほど、わたしは懸命に読み解こうとす

る。どれも、山川方夫の名前を隠し、自分だけの楽しみとしてとっておく理由にはならない。

いや、わたしにはわかっている。山川方夫の作品の核にあるもの。その底に沈んでいる生々しい感情は、目を伏せたくなるほど自分のそれに似ているような気がした。だから、わたしは山川方夫を誰とも共有したくないのである。

山川方夫が若くして交通事故で亡くなったときの深い愛惜を経験していなくても、「自分の心の中にだけしまっておきたい作家」として山川方夫を挙げることに気持を寄せたい人は、確実にいるだろう。はからずも結びの断言こそが、この作家への強い関心を呼び起こす。

★『〈増補〉石川淳全集』全14巻、筑摩書房、一九七四－七五年、全集内容見本より

兇器の宝庫

安部公房

石川淳の文学は、まさに兇器のイメージの宝庫である。

聖少女のような娼婦、もしくは娼婦のような聖少女。彼女の指にあやつられる、マリオネットのような、革命家たち。奇人、変人、狂人、盗賊、詐欺師、陰謀家、探険家、破壊工作者、ダブルスパイ、それに永遠の放浪者……いくら血を流し、汗みどろになっても、どこかで作動している、強力な脱臭装置……星座のように、温度のない光……その光をとおして、再び現れる、鋼鉄の鞭をもった聖少女……

そのどれもが、必中必殺の投げナイフなのだ。兇器としてのペンの使い方なら、

まず石川淳の右に出る者はいないだろう。

石川淳の存在は潜水中の孤独な作家に酸素を送る「救命ポンプ」だという比喩が「弔辞」（『すばる』石川淳追悼記念号）と共通して使われている内容見本の推薦文もある。ここでは、危険で不穏な作家の石川淳が強調され、「兇器のイメージの宝庫」の収納品を賑やかに披露している。

★『西脇順三郎全集』全11巻 別巻1、筑摩書房、一九八二―八三年、全集内容見本より

あまりにも個人的な、あまりにも超個人的な詞

瀧口修造

西脇さんは私にとって学校で唯だ一人の先生と呼ぶにふさわしい人である。プラトンから始まって、ペトロニウス、ド・クインシー、スターン、ジョイス、ベイオウルフ、アラン・ポー、ボードレイル、ランボー、リチャーズ、パウンド、エリオット、ベイコン、ツァラ、ルヴェルディ、ブルトン、ゴル、ペイター、チョーサー、ダン、マーヴェル、etc. etc. そんな錯綜眩惑する名前が私の幼い脳髄の帳面に呪文のように刻印されていった頃だ。大学というところに望みを絶って逃げだした私であるが、二年目に舞い戻った昭和初年に西脇さんに出会

ってから五年、あの嫌いな学校を思わず卒業していた自分を見出したものである。それは黒板の前の夕暮れの到来を想わせるイントネーションであったり、モリソバを前にしての炉辺談話であったり、アマラントの繁殖する夏の日の浴衣談義であったり、いろいろであったが、さもあらゆる色彩が混合して美しい灰色と化すように、なべてものの宵闇が忍びよるあの独特な空気を私は愛した。知識の詰込みを苦手とした私は、あれらの文学論が壮大な超文学論の相貌を呈してくるのをとりわけ愛した。その彼方には？　おそらく西脇さんは日本の文学畑に先人なき種附けをしてきたのではなかろうか。そしてばせをの精霊の肩を苔の下から叩くこともあるに違いない何ものか、それは何か、つい口許まで出ているのだが、私は云えない。西脇順三郎全集があれらの四六時空間を集大成し、私にとって虹も星も雷もある円蓋のした、絶えないトリトンの噴水を再現してくれるのを待つばかりだ。

西脇順三郎との出会いがなければ、シュルレアリスムの紹介をはじめ、先進的な芸術活動を展開した瀧口修造は誕生しなかったであろう。一方で瀧口は、永井龍男に誘われて入った同人誌で、「雑記帳から――西脇氏の詩」と題し、西脇詩をもっとも早く論じた人でもあった。

★『立原道造全集』全5巻、筑摩書房、二〇〇六－一〇年、全集内容見本より

魔法の旋律

沢木耕太郎

定型でありながらなぜか非定型とのあわいにあるように感じられる立原道造のソネットからは、「憧憬」と「悲哀」と「喪失」が宙に浮かんで音符になったかのような旋律が聴こえてくる。何に対する憧憬か、何ゆえの悲哀か、何ものを喪失したのかどこか曖昧で、だからすべての若者の憧憬と悲哀と喪失と共鳴しあうことのできる魔法の旋律。

しかし、やがて人はその旋律を聴き取ることができなくなっていく。かつて間違いなく聴こえていたという記憶だけを鮮烈に残しながら。そして、それは、自

分の中の最も柔らかいところにあったはずの、存在することの根源的な不安を失ったということでもあるのだろう。
低い枝でうたっている青い翼の小鳥、さびしい足拍子を踏みながら草を食んでいる山羊、追憶のように家々の屋根に降りしきる火山灰……。
いま立原道造を読み返すことで、人は、いや私は、ふたたびあの旋律を聴き取ることができるようになるのだろうか？

沢木耕太郎が立原道造を？　一瞬、いぶかしい思いがするかもしれない。金子光晴なら判るが。しかし、道造への親近感は、読み進めれば、じわりと感じられてくる。沢木のノンフィクションの仕事とは、「憧憬」「悲哀」「喪失」のひそかな旋律を聞こうとする試みなのではないか、という感想も浮かぶ。

★『丹羽文雄文学全集』全28巻、講談社、一九七四－七六年、全集内容見本より

丹羽文雄素描

永井龍男

　たまたま会合などでこの人に会うと、ちょっと息抜きに出てきたが、世間にはあまり面白いこともないねといった浮かぬ顔を、いつもしている。

　この人は自分の小説の世界が棲息地で、現実の世の中は仮象に過ぎない。小説を書いている時の丹羽文雄が生活者としての彼で、ペンを置いてしまうと一人の子供にかえっている。

　その子供がたった一つ見つけた、たのしみというのがゴルフで、無邪気に球技をエンジョイしている。体力的に若いし無邪気が幸いするのか、多年文筆人中の

トップという腕前だが、しょせんゴルフはゴルフで、プレイがすんでから仲間が談笑している折りに、この人はさりげなくため息をもらす。文壇人の集りの一隅などでも、私はこの人のため息をしばしば見かける。孤独で、なにか心配ごとでもあるかのようだが、実はその度びに、この人は小説の世界へ帰りたくてならないのだと、私はひそかに観察している。

例外は芥川賞の選考会の席上で、若い作家の作品を鑑賞する丹羽文雄は、若い丹羽にかえって終始興ありげである。

すでに小説執筆の枚数が、原稿用紙にして十二、三万枚、長篇短篇を合せて八百篇の多きに達しているそうだが、小説を書くよりほかに生き方を知らぬこの人を思えば、当然のことだと私どもは考えている。

仲間の談笑のかたわらで、ひとり「ため息」をもらす人物スケッチが心に残る。四十年間に書いた原稿枚数が十二、三万枚と知り、こちらも別の「ため息」が出る。枚数の多さではない。「人生に親身な文学」（秋山駿）を書き続けたこの作家の作品が、昨今の新刊書店にほとんど見当たらないからだ。

★『〈決定版〉柳田國男全集』全36巻 別巻2、筑摩書房、一九九七年－、全集内容見本より

『遠野物語』の鮮烈さ

松谷みよ子

『遠野物語』の世界は遠野だからこそあるのだ、と長い間思いこんでいた。いまは、同じ世界は私たちの周囲にあると知っている。山にも川にも村にも、都会の喧噪のなかにもそれはあるのだ。しかしその世界を知っていたとしても、『遠野物語』の鮮烈さを人の心に与えはしない。何故か。それは柳田国男が初版序文にあるように――要するにこの書は現在の事実なり――としながらも、事実を記した柳田の文章がまぎれもない文学者の筆であったことによる。いや、更にいわせていただくなら『山の人生』に収められた新四郎という炭焼きの話はより以上に

事実譚から文学へ視点を置いている。先年奥美濃を訪れそのことを知った。作家柳田国男の凄まじさに打たれた。

『遠野物語』の「鮮烈さ」は、文学者としての筆力にあったとする童話作家ならではの指摘は、ごく至当のものだろう。松谷みよ子は、民話研究・民話収集の先達として柳田國男に深い影響を受け、『現代民話考』をはじめ多くの民話関係の著作を残している。

★『西條八十全集』全17巻 別巻1、国書刊行会、一九九一－二〇一四年、全集内容見本より

（『西條八十全集』に寄せて）

サトウ・ハチロー

先生には、
何度童謡をみていただいたか忘れました。
けれど先生がいつもボクをやさしい目で、
みていらしたのはおぼえています。
先生は、ボクがどんな少年であるか、
すぐに見ぬいてしまったのでしょう。

サトウ・ハチローの童謡詩は、西條八十の影響による。十六歳のとき、父・佐藤紅緑の食客だった福士幸次郎の紹介で弟子入り。異母妹の佐藤愛子の『血族』には、監獄送りの常連だったこの兄の「悪ガキ」ぶりが活写されている。同書によると、ハチローがはじめて感動した詩は、萩原朔太郎の「竹」であったという。

★『〈河出文庫版〉高橋和巳コレクション』全10巻、河出書房新社、一九九六－九七年、全集内容見本より

忘れられてはならない作家

小池真理子

かつて、同時代の若者たちから熱狂的に愛され、求められ、彼らに否応なく大きな影響を与えた作家がいた。一九六〇年代の後半から七〇年代初頭にかけて。友達の下宿に遊びに行くと、まず間違いなくベニヤ貼りの安っぽい本棚に、その種の作家の本が恭しく並べられていたものだ。

貧しい学生は、自分より少し裕福な友達から本を借り、読みふけった。つい夢中になり、借り物であることも忘れて赤鉛筆でアンダーラインを引き、彼らが貸し主から文句を言われることも微笑ましい日常風景のひとつであった。

あの時代、誰もが或る特定の作家の著作物を読んだという現象は、ただの流行などではなかったと私は思う。読まずにはいられないから、私たちは読んだのだった。自分自身を検証するために、漠とした不安を少しでも昇華させるために、私たちは活字を追い続けた。そんな懐かしい時代が私にはあった。そして高橋和巳は、そうした時代を象徴する作家の一人であった。

少し前、何やら突然、『悲の器』と『憂鬱なる党派』を再読したくなって、自宅の書庫を探しまわったことがある。誰かに貸してそのままになっているのか、あるいはもともと自分のものではなかったのか、本はとうとう見つからなかった。ならば買っておこう、と軽い気持ちで大型書店をあたってみて驚いた。時代を象徴したと言っても過言ではない高橋和巳の本は、どこの書店でも手に入れることができなくなっていた。

そんな矢先、河出書房が高橋和巳の文庫版コレクションを刊行するという話を聞いた。高橋和巳こそ、時代と共に葬り去られ、忘れられるようなことがあってはならない作家である。若い読者に密かに読み継がれていってもらいたい、と切に願う者の一人として、今回のコレクション刊行は我がことのように嬉しくてたまらない。

高橋和己をめぐる熱い思いが、今こそ読むべき作家として過去から呼び戻される。三十九歳で亡くなるまで、作家活動は十年であった。その間「全共闘」世代が渇きを潤すように読み継いだが、忘却された作家となった。しかし、趣意はタイトルが明確に示している。

★『吉本隆明〈未収録〉講演集』全12巻、筑摩書房、二〇一四–一五年、全集内容見本より

命がけの跳躍

内田樹

講演ではときどき不思議なことが起きる。「そんなことを言うつもりのなかったこと」が口を衝いて出る。ふと浮かんだアイディアが語り手の制御を失って暴走し始める。「つい言ってしまった言葉」につられて「言うつもりのなかった言葉」が出てくる。講演者自身が「その先」を知りたくて、思弁の「手綱」を緩める。自分が何を考えているのか、自分が知りたいのだ。

思弁の暴走が始まるときの徴候は「同じような話を繰り返す」という点にある。実はそれが「助走」なのである。「命がけの跳躍」の前には必ず「どうどう廻り」

がなされる。障害物を飛び越える動物のように、呼吸を整え、歩幅を確認してから、満を持して「跳ぶ」のである。

この講演集は他の著作に比して完成度は高くないかもしれない（同じ話が多いから）。けれども、吉本隆明がどういうふうに「跳ぶ」のか、そのダイナミックな技術を目の当たりに見ることができる。

「命がけの飛躍」となれば、吉本隆明も論じ、引用しているマルクスの有名な言葉だ。吉本隆明の講演を聞いたことのある者なら、能弁なのにエンストを繰り返すような口調と声音を思い出すだろう。「思弁の暴走」と「助走」とは、なるほどと感じ入る指摘だ。吉本隆明の思弁の「跳躍」は、身体性が深く関与した事態なのかもしれない、という思いもよぎる。

★『〈決定版〉太宰治全集』全13巻、筑摩書房、一九九八－九九年、全集内容見本より

日本の二十世紀に似合う文学者

加藤典洋

以前インドの研究者が太宰治をカフカのような作家と評したという話を聞いた。その時はそうかな、と思ったが、いまはかなり的確な位置づけ方ではないかと考えている。太宰の特徴は、その文学の彫りの深さだ。すべてをかね備えているのではもちろんないのに、何かが足りない、とは感じさせない。太宰はその「薄汚れた」だらしなさを、トーマス・マンに従い銀行員のように書くべく自分を律した三島由紀夫に、性格的欠陥などは冷水摩擦で治る、治りたがらない病人など病人の資格がない、と否定されたけれども、いま私は三島のこの厳しさより太宰の

吐息のほうが、文学としても、思想としても、深くて広い、と思っている。没後五十年、太宰の文学はますます若く無防備になってきた。彼のように日本の二十世紀に似合う文学者をもったことを、私たちは誇りに思うべきだろう。

『〈決定版〉太宰治全集』は、没後五十年、新たな読み直しの気運の中で刊行された。「太宰の文学はますます若く無防備になってきた」というこの批評家ならではの表現は、それと呼応している。破滅と虚無に留まるはずはない太宰文学の「彫りの深さ」は、どのように二十一世紀の要請へも応え得るものだろうか。

【全集に寄せた出版社の言葉】

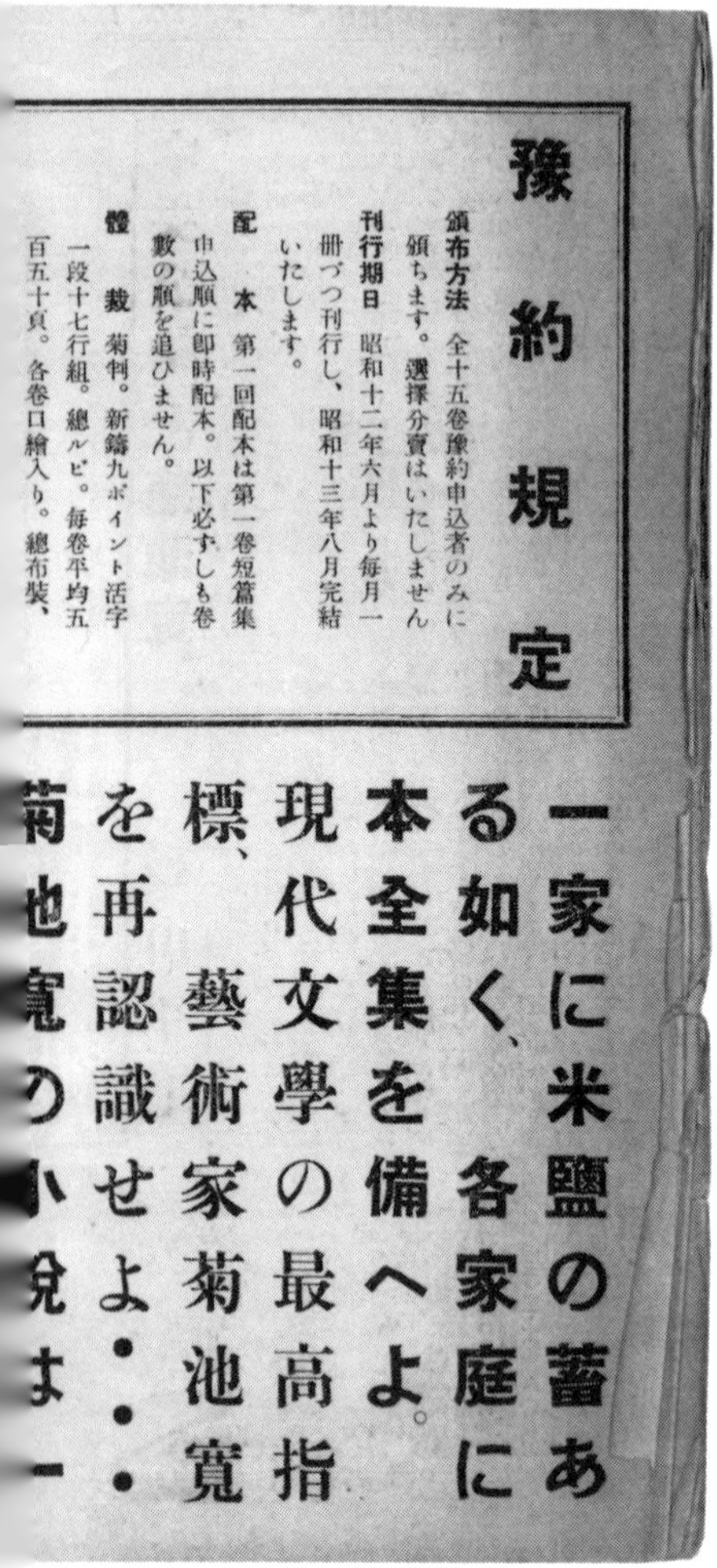

豫約規定

頒布方法 全十五卷豫約申込者のみに頒ちます。選擇分賣はいたしません

刊行期日 昭和十二年六月より毎月一册づつ刊行し、昭和十三年八月完結いたします。

配　本 第一回配本は第一卷短篇集申込順に即時配本。以下必ずしも卷數の順を追ひません。

體　裁 菊判。新鑄九ポイント活字一段十七行組。總ルビ。毎卷平均五百五十頁。各卷口繪入り。總布裝、

一家に米鹽の蓄ある如く、各家庭に本全集を備へよ。現代文學の最高指標、藝術家菊池寛を再認識せよ……菊池寛の小說ま

★『〈定本〉菊池寛全集』全15巻、中央公論社、一九三七－三八年、全集内容見本より

申込方法 申込期限までに豫約申込金五十錢を添へて御申込下さい。申込金は最終の會費の中に繰入れますから第一回の會費は別に御拂込下さい中途解約の場合は申込金は御返ししません。一時拂の方は申込金不要。

會費及送料

毎月拂 二圓
一時拂 二十七圓

送料

	東京市内	地方	臺樺鮮灣	外國
毎月拂	六錢	二十二錢	三十錢	九十六錢
一時拂	九十錢	三圓三十錢	四圓五十錢	十四圓四十錢

家は

陽の慈光を齎らす菊池寛は巨大な樹である。その蔭に憩ふ者は幸ひだ。

第一回配本

傑作短篇集

屋上の狂人。父歸る。無名作家の日記。忠直卿行狀記。恩讐の彼方に。藤十郎の戀。大島が出來る話。勳章を貰ふ話。身投救助業。我鬼。盗人を飼ふ。其他

全三十一篇

第一卷

菊池寛の小説は、人生の地圖である。人生行路の旅行案内である。併も、誰が讀んでも面白い。誰にでも愛される……

★『〈普及版〉芥川龍之介全集』全10巻、岩波書店、一九三四－三五年、全集内容見本より

普及版芥川龍之介全集刊行に就いて

芥川龍之介が死んだのは、昭和二年だ。しかし、彼位死後も問題になつてゐる作家はない。彼は、死んでも文壇と一しよに歩いてゐるのだ。彼は死んでゐる、しかし彼はいつも昨日死んだ如き感銘を持たせてゐる。或人が、チエホフを、何時の時代が来ても、昨日の作家だと云つた。同じ意味で、芥川は、昨日死んだばかりの作家だ。その死に対する哀悼が、今もなほ生々しいばかりでなく、その作家としての感情や感覚や苦悩が、常に生者の我々にも響いてゐるからだ。彼は、「ボンヤリとした不安」を感じながら死んだ。鋭敏な神経を持つ雉子

が、地震の襲来をいち早く感知するやうに、彼も亦数年後の非常時到来を、既におぼろげながら、感知して居たのではあるまいか。

彼の作品に対しては、世既に定評がある。その文学史上に於ける位置も略〻定まつたと云つてもよい。たゞ、かういふ事は新しく云へよう。明治・大正の作家中、彼の作品の如く、渾然とまとまつてゐるものはあるまい。彼の作品は、図書館へ行つて読むものでなく、人から借りて読むものでなく、机辺に珍蔵して、しみじみと鑑賞すべき性質のものであるといふことを。彼の作品は、一章一句の末にまで、彼の細かな神経が行き亙つてゐるといふことを。彼の作品は、江山大河の風景でなく、小堀遠州作るところの巧緻を極めたる庭園であることを。

だから、彼の作品は、それを愛蔵し、玩味する人に対しては、無限の滋味を湛へるであらうことを。

彼が死直後の全集は、あまりに高価であつて、彼を愛惜する人々の机辺に普く行き渡らなかつたことは、我々の恨事であつた。

今、普及版が発行され、恰好の定価としかも高雅な体裁とにより、広く江湖に行はれんとするは、我々編輯者一同の欣快とするところである。

昭和九年九月

芥川龍之介全集刊行会同人

★『有島武郎全集』全10巻、新潮社、一九二九−三〇年、全集内容見本より

我等の先駆者有島武郎の新全集出づ

全民衆に贈る、新しい時代への暗示の宝庫!!

偉大なる人間苦の行者、悲痛なる時代の犠牲者、而して勇敢なる我等の先駆者!　有島武郎の名は、時と共に益々光輝を加へつゝあります。

人も知る如く、わが有島武郎は、「愛」と「真理」との芸術家であります。この二つが、彼の場合のやうに完全な形をとつて現れ、彼の場合のやうに有機的に結合し、彼の場合のやうに不滅不変の意義をもつもの、これをわが文壇に限らず世界の文学界を通じても稀でありま

す。

「純真」といふ言葉は、彼の全生涯の為につくられた言葉のやうに思はれます。彼が、あの一代のセンセイシヨンを呼んだその死によつて証明したる如く、一切の虚偽と妥協とを斥《しりぞ》けて、飽までも純粋に、飽までも真実に、人生の一路を直往したのであります。かくて彼の生涯は一個殉教者の生涯であり、彼の作物は芸術以上、経典的権威を帯びてゐる所以《ゆゑん》であります。

彼の存在は、又、日本人の民族的教養の最高峰の一つを示すものであります。彼ほど完全に、彼ほど正確に、西欧文化を摂取し吸収した人はありません。而して彼が日本人には珍しい、饒《ゆた》かな、大陸的な文学的天賦をもつた作家であることも特筆しなければなりません。あまりに島国的《たうこくてき》、瘦地に育つた灌木のやうな作家の多い日本の文壇にあつて、自由に、伸び〱と成長してゐる喬木《けうぼく》のやうな此作家を見出し得ることは、我々の大きな喜びと誇りであります。

併しながら、有島武郎を偉大ならしめたものは、文学者としてよりは寧《むし》ろ人間としてゞあると同様に、我々を彼に惹きつけるものは、彼の作品と共に、彼が自らを語つた言葉であります。彼ほど忠実に真摯に、時代の悩みを悩み抜いたものはなく、又彼ほど正直に率直に、その悩みを表白したものはありません。従つて、彼のやうな人物にあつて初めて、その論文や随筆や書翰《しよかん》や日記の類《るゐ》が、創作と同等の意義と価値をもつものだと言ひ得るのであります。

現代は新しい世界、新しい日本の陣痛期であります。社会のあらゆる階級と、あらゆる層とあらゆる個人とを通じて今程大きな悩みが渦巻いてゐる時代はありません。此時に当つて、我等の痛切に憶ふ者は、実に有島武郎その人であります。彼こそは、日本人に生れて世界人にまで成長し、一つの階級に育つてすべての階級の悩みを悩んだ人であります。今こそ『有島武郎全集』を、更に良心的なる編纂の下に完全なる分類統一を了《を》へて、再び世に提供する時期でなければなりません。

この全集は、有島武郎の全存在がさうであつたやうに、新しい時代への暗示の宝庫であります。今の日本が求めて止まない新しい社会、新しい生活、新しい人間、新しい芸術が、既にこの中で脈うつてゐます。悩み多き現代人の聡明な助言者、温い同情者としてのこの全集が、日本の全民衆の支持を受けることを熱望し期待してやまない次第であります。

壮観というしかない。永久保存すべき言葉の文化遺産か。これらの名調子の宣伝文を音読すれば、たちまち声の祝祭となる。生真面目な文言だが、必ずしも硬直し、かしこまったものではない。遊びの気配もあるのだ。ここには採録してないのだが、『〈定本〉菊池寛全集』の宣伝文はこう結んでいる。「愈々九回の裏、チヤンスは残されたこの一回。思ひ切つて、『寛《カーン》』と一本、あなたの書架に打ち込まれよ」と。芥川龍之介全集刊行会同人による宣伝文も高雅な名調子だ。愉快なのは芥川の作品は図書館や人から借りて読むものではないと明言するくだり。「机辺に珍蔵して、しみじみと鑑賞すべき性質のもの」であり、愛蔵する人にこそ「無限の滋味を湛へる」と言う。古き良き時代の古色蒼然とした煽りの文言と考える人が多数であろうと思う。しかし、人に本を借りるのも貸すのも好まない私としては、芥川に限らず、すべての本は「珍蔵」して「滋味」を愉しみたいと思っているのだが……。

『有島武郎全集』の宣伝文の麗句を散りばめた美文調こそ、読者を陶然とさせたかもしれない。大仰な宣伝文が時代の趨勢とはいえ、これほどの賛辞の献呈は珍しいのではないだろうか。それは、「偉大なる人間苦の行者、悲痛なる時代の犠牲者、而して勇敢なる我等の先駆者！」という波乱の生涯をおくった「有島武郎」という固有名のマジックによるものにちがいない。この呼びかけの麗華な直截性が可能であった「文学」への渇望。それをどのように遠望すべきだろうか。

IV

★『宇野千代全集』全12巻、中央公論社、一九七七－七八年、全集内容見本より

大輪の花

曽野綾子

　私は宇野千代さんを、厳密な意味ではほんの少ししか存じ上げない。しかし、その僅かな横顔から見ても稀有な方である。人間が天然色なのである。そこから、どかっと大輪の、文学という花が無理なく咲いている。誰でも、自分の道の目標にする先達というものがあるものだが、私は宇野さんを、我が道の前方に考えることができない。資質が全く違うので、いつかはあんなふうになれるかも知れないという希望を持つことさえ無理なのである。

　他人のことを「あの方はしあわせな方だ」というのは失礼に当るのだが、私は

宇野さんをそう思うことがある。ただし、普通の意味ではない。世間では「しあわせ」であるのは「平穏無事」だからと思っているが、宇野さんのしあわせは「何もかもあった」しあわせだと私はひとり決めているのである。

私は宇野さんが、美しい方だから好きでもある。いい文学を書く方は、どなたも奇妙に美しいのである。

「人間が天然色」とか、普通とは異なる「しあわせ」への考え方とか、宇野千代にこそふさわしい表現と視点で文章を寄せている。実際、「平穏無事」ではない、色恋沙汰だけでも破天荒な「しあわせ」の人生だったことは、八十五歳の自伝『生きていく私』を読むとうなずける。

★『山川方夫全集』全7巻、筑摩書房、二〇〇〇年、全集内容見本より

匂い

群ようこ

私は山川方夫の小説を読むといつも、鼻がむずむずしてくる。それは自然が残っていた住宅地の匂い、人が住んでいる家の匂い、海の潮の匂いを嗅いでしまうからである。またあるときは、なま温かい人間の匂い。年寄りが一緒に住んでいるときの、抹香くさいような懐かしいようなすえたような匂い。若い女性と一緒にいるときの、気恥ずかしいような甘い匂い。それが文章の間から立ち上ってくるのだ。

彼は日常のなかの身内のもめ事や、思うようにいかない人間の人生、いらだち

を文章で書きつつ、彼らを取り巻く空気感でも表現できる希有な作家だ。人の感情の動きを周囲の空気の変化でとらえ、文章で表現するのはとても難しい。しかし彼は難しい言葉も使わずに、淡々と表現していく。現在は特に人の匂いがないことがよいとされているが、彼の小説から漂ってくるそれぞれの人の匂いを、私はとても懐かしく感じるのである。

「匂い」という感覚に焦点を合わせた推薦文は、意外に珍しい。山川方夫は「空気感」の表現に長けた作家ということでもあるのだろう。小説を読む力とは、「鼻がむずむずしてくる」ような、匂い（臭い）を鋭く感知する能力なのだという思いにも誘われる。

★『幸田文全集』全7巻、中央公論社、一九五八－五九年、全集内容見本より

生命の流れの文学

有吉佐和子

「あなたの書くものは、現代の若い人にはドクだと云われてね、それがショックで有吉さんにも会うまいと思ったことがあるのよ」

こんなことを幸田先生が、おっしゃったとき、

「若しもドクだとして、それにアタルように脾弱な私だったら、どうせ現代に生きられる筈もないから早いとこアタッて死んじまった方がいいですね。ひょっとして免疫性ができれば、こんな有がたいことはないし」

こう御返事しました。

「うん、玉子もそう云ってた」
先生は静かに肯いておいででした。
幸田文女史の文学は「現代の古典」であると穿った批評を聞きますが、先生も私も女だからでしょうか、お書きになるものが生命の流れそのままに思えて、私には古典の持つ没現代の感覚が感じられません。書いた人と書かれたものが全く一致している例を、私は先生に接してこの目でも見たのですし。

「若い人にはドク」とは、どのような作品を指したものか？　柳橋の落ち目の芸者置屋に住み込みで働いた経験に基づく長篇小説『流れる』であろうか。ショックを受けている幸田文を励ます有吉佐和子の強気な言葉が痛快だ。「玉子」とは、一人娘のエッセイスト青木玉。有吉佐和子の一人娘もエッセイストで有吉玉青。

★『山本周五郎全集』全30巻、新潮社、一九八一－八四年、全集内容見本より

いろんないいものがあった

開高 健

山周の死後に全集が出るのはこれで二度めと記憶する。忘れっぽいことこの上ない現代にあっては稀有のことといってよろしい。

多数の読者の声が体感されるからこそこんな企画がたてられるのであろうが、かねがね山周は長年月にわたって読者と〝直《ちょく》〟の関係にたつことを念じていた人だったから、その狷介な魂はやっと水中の微笑でほころんでいることだろう。

後半生に入ってからのこの人の文体には、いつも、夜ふけに壁ごしに隣室の吐息や呻吟を聞くようなところがあった。また、青畳にすわって米の飯を茶の香り

でしみじみと食べるようなところもあった。痛苦の忍耐もあればほのぼのとした安堵もあたえられる、おとなの作品群だった。

この人にはいろんないいものがあった。

開高健らしい変幻自在な比喩が「山周」の文学を浮かび上がらせる。ちなみに山本周五郎という筆名は、丁稚奉公していた恩義のある質店主から借りたもの。この作家の「狷介な魂」（頑固で偏屈な者）を伝える逸話は多く、晴れがましい賞をすべて固辞したことはよく知られている。

★『小林秀雄全集』全14巻 別巻2 補巻3、新潮社、二〇〇一－一〇年、全集内容見本より

悠然として渾然たるネヴァ河

安岡章太郎

一九六三年、小林秀雄、佐々木基一の二氏に、私を加えた三人は三週間ほどのソ連旅行に出た。何の目的もない旅だが、それが甚だ愉快であった。

エルミタージュ美術館に出掛ける前夜、通訳のリヴォーヴァさんが、「いよいよエルミタージュですよ、ようく休んで疲れを取って置いてね」という。「わかりました」と佐々木さんが謹厳にこたえる。そんなヤリトリを奥の部屋で聞いていた小林さんは、「なに、エルミタージュ？　どうせペテルブルグあたりに来ているのは、大したものじゃなかろうよ」と、甚だ素気ない様子であった。

翌朝、その小林さんの姿がホテルの中に見えない。われわれが狼狽気味に部屋を探していると、「やあ失敬」と先生があらわれた。「朝起きぬけに一人でネヴァ河を見てきた」とおっしゃる。「ネヴァ河ですか」私たちは唖然とした。小林先生の地理勘は甚だ弱くて簡単な道にも直ぐ迷われるからだ。

「しかしネヴァは、じつに好い河だ、悠然としていて、あれこそロシアそのものだ」だが私には、その悠然渾然たるものは、河の流れよりも、寧ろ先生自身の人生態度にあるように思われた。

小林秀雄は近・現代日本の文芸批評を代表する評論家とはいえ、全集が存命中に四度、没後に二度（作品のみの集成を含めれば三度）も刊行されていることは異例だ。安岡章太郎の伝えるエピソードから、この明敏怜悧な批評家がどうやら方向音痴だったらしいことを知ると、なぜか気持ちがなごむ。

★『〈増補改訂版〉上林曉全集』全19巻、筑摩書房、一九七七－八〇年、全集内容見本より

「お面」と作家上林曉

井伏鱒二

むかし土佐の国に、すこぶる剣道の好きな某といふ人がゐたさうだ。

その人は二十歳前後のころ江戸に出て、道場通ひをしながら剣の道に精進した。しかし稽古のときも試合のときも、どういふものか「お面」しか打たなかつた。（小説修業に譬へれば私小説しか書かないやうなものである）「お胴」「おこて」「お突き」などの技はいつさい出さなかつた。ところが何年か修業してゐるうちに、その人の打つ「お面」は誰も避けることが出来なくなつた。峻厳にして生彩ある技の「お面」であつたといふ。

私は作家上林曉の小説を読むたびに、その剣道の達人の行きかたを思ひ出す。今度、上林君の全集が出ると聞いてその人のことをまた思ひ出した。

「面」しか打たない「峻厳にして生彩ある技」の剣道の達人に、私小説一筋の作家・上林曉をなぞらえるユニークな喩えが印象に残る。全集は十九巻からなるが、収録作品は四百篇近く。そのすべてが短篇小説だが、結果としてそれらが「一大自伝長篇小説」（伊藤整）となったとも言える。

★『〈定本〉横光利一全集』全16巻 別巻1 補巻1、河出書房新社、一九八一－九九年、全集内容見本より

文学への一筋な歩み

森 敦

文豪横光利一の再評価を求める声が澎湃《ほうはい》として興りつつある。横光利一は謂わゆる新感覚派の驍将として登場し、抜群の着想と斬新な表現を駆使し、常にわが国文壇の第一線にあつて活躍した。しかも、不敵大胆なる試みをみずからに課し、心理派ともいうべき新たなるジャンルを開拓して一世を震憾した。しかし、心静かにこれを洞察すれば、やがて渾然としてわが日本文学の巨峰をなす、横光文学への一筋な歩みであつたのだ。いまここに、完璧なる編集による全集の刊行をみることは、まさに横光利一その人の復活であり、わが日本文学に清新の気を吹き

込まずにはやまぬであろう。

横光利一は森敦の師であり、結婚の媒酌人だった。妻がともに山形の庄内の出身で、庄内地方は二人の創作活動にとって、重要な役割をはたした。さすがに師のための推薦文だけに、「わが日本文学の巨峰をなす」といった美辞を駆使した迷いのない断言が格別な文の勢いを生んでいる。

★『鷗外全集』全38巻、岩波書店、一九八六－九〇年、全集内容見本より

鷗外知つたかぶり

丸谷才一

森鷗外はどうも人気がない。みんなが食はず嫌ひで、尊敬が二分に敬遠が八分、申しわけにすこし読んで、それつきりにしてゐるのぢやなからうか。

それが実情なら、こんなうまい話はない。世間の人の知らない珍味を大いに楽しんで、食通を気取り、甜美の品に箸をつけないやからを軽蔑して、いい気持になることができるからである。本を読むといふ孤独な道楽に、かういふ傲慢な風が多少あつたつて、咎めるべきことではあるまい。

いや、これは半分は冗談。もうすこし立派なことも言ひ添へる。

現代日本人の課題は、和漢洋の伝統をどれだけ高級にまぜあはせて、今日の事態に処するか、といふことである。そのことを悠々とやつてのけて、しかも最も悲劇的なのが鷗外であつた。それが心を打つ。その生涯の事業、その見識、その文章の威容、その悲劇性を、参考にしない手はないと思ふ。

鷗外があまり読まれない実情があるとすれば、かえって「世間の人の知らない珍味」を楽しめて幸いである、とユーモラスな前半の文だけでもよかったかもしれないが、大事なのは後半。鷗外の「威容」と「悲劇性」とは、はたしてどのような批評的な考察を促すのか？

★『〈決定版〉漱石全集』全19巻、岩波書店、一九三五－三七年、全集内容見本より

漱石全集は日本人の経典である

内田百閒

三十年昔、私が中学校の上年級にゐた当時文壇に出られた漱石先生の作品に接して、私は初めて自分の言葉を文章に綴る事を知り、同時に感じる事と考へる事の順序方法を教はつたと云ふ事になる様である。それ以来、十七八の若い時から今日に及んで人生を観る態度の奥底のところには不変の物が根を下ろしてゐるらしく思はれる。常に漱石先生が私の中のどこかに在つて指導し叱咤する。今日自分の草する文章を推敲する時、何によつて前に筆を下した章句を添刪するかと云ふ事を考へれば、漱石先生が私の表現の標識である事を否むわけに行かない。漱

石先生御自身の表現について、今日私は自分の見るところを以て、かう書かれたらよかつたと思ふ事がないわけではない。しかしさう云ふ判断はどこから来ると考へ直して見ると、矢張り私のうちに在る漱石先生の示唆である事を恐ろしく思ふ。それと同時にかう云ふ事は単に私一個の事を語るのであらうかと疑ふのである。今日文を解する同胞の中に全く漱石先生の影響を受けてゐないと云ひ得る者が果して幾人有るかと思ふ。漱石全集は既に日本人の経典となつてゐるのではないか。

全集内容見本へは、松岡譲、森田草平、寺田寅彦ら、多くの門下生が推薦文を寄せている。内田百閒も同じ立場から恩謝の思いをつづる。だが、漱石の表現をめぐり、「かう書かれたらよかつたと思ふ事がないわけではない」と述べる具体例こそ、知りたくなる。

★『〈定本〉菊池寛全集』全15巻、中央公論社、一九三七－三八年、全集内容見本より

この全集の価値

横光利一

夏目漱石が文壇を相手とせず、民衆の智識層を土として、文学の根を降ろしてから二十年になる。しかし、漱石が倦《あく》まで民衆の智識層を清純にしたにとどまるに反し菊池寛氏は、さらに、幾多の非智識階級を、智識層に引き上げた。一国の文化の向上に、かくのごとく力を尽し、実を結ばせた巨人は、今世紀に於ても数少ない。人々は菊池氏を現代の弘法とし、兼行と呼び、モンテーニュとするも、故なきに非《あら》ずと思ふ。今、ここに巨人を巨人たらしめた根源のみを集め、純粋な全集とすることは、さらに新しい人間の研究の資《し》となり、生活の基本となること、

疑ひもない。文学をして万人共通の文学たらしめた、我国最初の健康な国民文学の範として、何人《なんびと》もこの全集を備へられんことを希《ねが》ふ。

横光利一は友人を介して二十歳過ぎに菊池寛と会い、師弟関係を結んだ。日本の文化の向上に尽力した菊池寛が、一九三七（昭和十二）年当時、どのように理解されていたのかよく判る。事業家としての一面は、この全集の印税を日本文学振興会（芥川賞・直木賞の運営団体）の資金にしたいと自ら述べていることにも、うかがわれる。

★『〈決定版〉中島敦全集』全3巻、筑摩書房、一九七六年、全集内容見本より

文章千古の事

武田泰淳

中島敦の作品を読むと、頭の回転が急に速くなり、いきなり日常の無駄が剝ぎとられる思いがする。現代のあいまいな文明を突破して、原始古代の地底の呻きと、鮮明にして消え去らぬ夢が直結してくるからだ。唐代の虎も、朝鮮半島の虎も、砂漠のミイラも、南方海上の島民も、忠実な弟子たちと聖なる師も、悲運の英雄も、ヨーロッパ文学者の苦悩と解放、さては、彼自身の胸を打つ文学的告白も、すべては、啓示となり予言となって輝きはじめる。東洋と西洋とを吹き抜ける爽やかな風というべきか。金石に刻んだ如き一点の乱れもない文章は、優れた

漢学者、奇人を輩出した中島家の家系によるものであることはいうまでもない。「文章千古の事、得失、寸心知る」とは、杜甫の詩句である。彼の真価を知る寸心は、われらの間に脈々と受けつがれている。

中島敦も武田泰淳も中国文学への造詣の深さで共通する。「唐代の虎も……」から「彼自身の胸を打つ文学的告白」まで、「山月記」「木乃伊」「幸福」「弟子」「光と風と夢」といった作品名をあえて明示せず、内容を簡潔にイメージ化した紹介は、巧みに中島敦の文学の世界へと誘う。

★『瀧井孝作全集』全11巻 別巻1、中央公論社、一九七八－七九年、全集内容見本より

「無限抱擁」

古井由吉

恋愛小説と言えば、私はまず瀧井孝作氏の「無限抱擁」を想う。この小説は何度でも繰返し読める。ここに描かれた男女の姿を、現在の自分には無縁なものと感じることは、私にはおそらく将来にわたってあるまいと思われる。読者の年齢に追越されてしまうことのない恋愛小説である。読者が成熟していくにつれ、小説の味わいも成熟していく。ここには時代により年齢により古びていくものが、何ひとつとしてない。むしろ恋愛というものの、よけいな幻想から離れるにつれて、ようやく見えてくる男女の姿がある。恋愛ならぬ人間関係や生活に悩まされ

るほどに、ますます生きてくる描写がある。恋愛小説というものはある、まだまだあり得る、と作家としての私はこの作品を想うたびに、絶望に近いところで、かろうじて望みを拾う。要するに、まっとうな愛着が、重みのある姿かたちを引き寄せる。恋愛小説においてはこれよりほかに、結局、大切なものはないとぐらい言えるのかもしれない。

生きる、死ぬ、愛着する——そんな言葉がこの小説から、私の胸へ響いてくる。

『無限抱擁』は、妻との生活を「一分一厘もウソや偽りなしに、さらけ出した」私小説。古井由吉の濁りのない明言に促され、私は初めて『無限抱擁』を読んだ。なるほど年齢相応に味わいが成熟していく恋愛小説だ。同時に、この小説を絶賛する古井由吉への関心も改めて喚起されるだろう。講談社文芸文庫版の古井による「解説」の一読もお勧めしたい。

★『〈豪華普及版〉宇野浩二全集』全12巻、中央公論社、一九七二－七三年、全集内容見本より

風神の袋

石川 淳

　宇野浩二さんは風神のやうに大きくふくらんだ袋を抱へてゐた。その袋はひとの目には見えない。のぞきこんだとしても、そこには風が吹きすさんでゐただけだらう。ただこの荒ぶる風は文学の風であつた。風の中にきらきら光るものは、決して俗物がありがたがる金銀財宝なんぞではなくて、たれもふりむきもしない人生の廃品にちがひない。それが廃品なるがゆゑに、宇野さんが人生に見つけた価値観は今日におよんで崩れない。風神の袋はすなはち途方もなくガラクタをぶちまけた空間である。じつに、そこが小説家の住む場所であつた。宇野さんの小

説形式は謂ふところのアンチ・ロマン派には属さないが、見えない袋の中にはおそらく現代の傾向まで呑みこんでゐたことだらう。小説の内容はかへつてこの袋の中にある。文学の世界では、宇野さんはさきの見とほしがきいた作者であつた。作者と作品と抜きつ抜かれつのけしきはこの全集の中に生きてゐる。

「文学の鬼」と称された宇野浩二。中野重治は庶民の生き方を職人のように一途に追究した「一刻人」と呼ぶ。石川淳は「風神の袋」を抱えていた小説家というユニークな比喩で作家的特質を表現している。風のなかで光る廃品、ガラクタ。これは、石川淳自身の晩年の問題作『狂風記』を思い起こさせる。

★『永井龍男全集』全12巻、講談社、一九八一－八二年、全集内容見本より

十六歳の入選作

庄野潤三

永井龍男の年譜を見ると、大正九年、十六歳の時に短篇「活版屋の話」が文芸雑誌「サンエス」に当選し、選者の菊池寛の好評を得たとある。これは永井さんの一生を決定する大きな出来事であったに違いない。三年後の大正十二年五月には「黒い御飯」の草稿を携えて初めて菊池寛を訪問し、これが文藝春秋に掲載されるという幸運をもたらすことになる。私はさり気ない中にも生活の実質によって裏打ちされた題名に心惹かれ、いつか是非とも読んでみたいと思っていた。

本当ならもっと早い時期に私の望みは果されている筈なのに、なかなかそうな

らなかった。文学に対して常に初心を失うまいとするこの人の潔癖さが、どういう名前を附けるにせよ、自分の作品の集大成となる出版を望まなかったのだろうか。この分では「活版屋の話」を読むのは無理かも知れないと半ば諦めかけていたら、今度の全集刊行で問題は解決した。第一巻の目次のいちばん最初に載っている。これまでに活字になったものの中から篩にかけて全体のほぼ三分の一だけを残すという作業が行われたと聞くが、いかに永井さんの審査がきびしくとも「活版屋の話」を省くわけにはゆかなかった。それは亡き菊池寛の思い出につながる作品でもあったのだから。

　自身の運命を決めた小説が四百字詰原稿用紙で僅か五枚と知ったら、今日の読者は呆気に取られるだろう。それは小品でも断片でもない、ちゃんとした構成を持つ短篇小説なのである。そんなことが可能なのかと人は疑うかも知れない。筋を紹介しよう。いまは大きくなった三人の息子のお蔭でゆったりと生活できるようになった煙草屋の主人がいて、いつか寄席の話が出た時に若い日のこんな思い出を語ったという体裁で書かれている。

　その主人がある活版所に植字工として勤めていた頃のことだ。世帯を持って四年になるのに、一日正直に働いても情なくなるほどの日給しか貰えず、まるで希望というものが無い日を送っていた。ところが、思いがけず五年間無欠勤で仕事をした褒美に年末賞与を貰う。仕合せな夫婦はちょうど四つの初春を迎えた男の子を連れて近くの寄席へ行く。一人の落語家が役者の真似のあとで、今度は観客の「音羽屋」「成駒屋」といったかけ声を聞かせる。それを見つめていた男の子が、急に大きな声を出して活版屋といったものだから、客はどっと笑う。いたたまれない思いの夫婦は中入を待って寄席を出、家へ帰る途中のさびれた縁日の屋台で、玩具をねだるわが子に飛切り上等のを買ってやったというところで終りになる。

　感傷に曇らぬ目、勘どころを押える巧みさは、とても十六歳の少年の作とは思えない。精妙を極めた「黒い御飯」を待たずにこの一篇で菊池寛は非凡な才能を見抜いたわけだが、永井さんは生涯をかけてその期待に応えたのである。

推薦文に作品のあらすじを書くおおどかなスタイルで、永井龍男の「一生を決定する大きな出来事」となった十六歳の当選作を紹介する。これを読めば、ほとんどの人は「活版屋の話」に関心を持つであろう。で、私の十六歳、青春文学に興味はなく、オトナの小説世界にこそ心惹かれていた。永井龍男の小説もその一つ（「蜜柑」と「一個」とか）。

★『鈴木三重吉全集』全6巻、岩波書店、一九三八年、全集内容見本より

鈴木三重吉讃

宇野浩二

一般の人は勿論、文学を専門にしてゐる人でさへ、鈴木三重吉の小説を読んでゐる人は非常に少ない。これは、三重吉の小説が悪いのでなくて、三重吉の小説を読まない人が善くないのである。尤も、その責《せめ》は三重吉の方にも少しはあるかも知れない。それは、彼が小説家として活動したのは、明治末年から大正初年まで、僅か十年足らずであつたのと、その十年足らずの間は花形作家として可なり持映されたが、その作風が余り特殊すぎた為めかと思ふ。しかし、その頃、ずゐぶん沢山あつた三重吉の愛読者は、私もその一人であるが、その特殊すぎる小説

のために、心を引かれたのである。

　そこで、私は、三重吉の小説を読んでゐない人に、先づ、彼の初期の小説、『千鳥』、『山彦』、『おみつさん』を進める。この、三つの浪曼的で然も写実的で可憐な小説は、三重吉が二十五六歳の年に作つた小説は、その頃二十歳内外であつた私たちの心を引いたやうに、今の二十歳内外の人たちの心を魅すること疑ひなしである。

「千鳥の話は馬喰の娘のお長で始まる。小春日の……」といふ『千鳥』の書出《かきだし》、「城下見に行こ十三里、炭積んで行こ十三里……」といふ『山彦』の書出などは、久保田万太郎が「鵜呑みにした」やうに、私たち（三上於菟吉その他）も宙で覚えたものである。そればかりでなく、誰が聞いて来たか、『千鳥』は、あの前に三四枚あつたのを、あれを載せた「ホトトギス」の主幹、高浜虚子が削つてしまつたと云ふ、その削られた三四枚を読みたいものだな、と私たちは云ひ合つた程である。

尤も、私たちが右の三つの小説を読んだのは、ずつと後に、単行本になつてからで、久保田が読んだのは、雑誌に発表された時であるから、彼の中学三年の時で、右に上げた小説の書出の文章を「鵜呑みにした」彼は、それを学校の作文に応用した、と或る文章の中に書いてゐる。

しかし、三重吉の小説が、三重吉の文章が、真に三重吉独得のものになつたのは、初期の作品の特徴であつた、浪曼的なところや、写実的ではあるが写生文風の書き方から抜け出した、長篇小説『小鳥の巣』以後の諸小説である。尤も、写実的になつたと云つても、固より、彼自身「私は永久に夢を持つ、」と述べる程であるから、『小鳥の巣』以後の諸小説も、みな『夢』（といふより『憧憬』）をいろいろの形で現したもので、それ等の『夢』（或ひは『憧憬』）が充たされない悩みと悶えを書いたものである。私が、先きに、彼の作風が余り特殊すぎると書いたのはこの事で、三重吉はこの『夢』（或ひは『憧憬』）が充たされない悩みと悶えを表現するために、かういふ苦労をしてゐる。

「ペンに対しても下らない癖があつて、新らしい先きの尖つたキイキイ音のするのでは迚《とて》も出来ない。少し使ひ古るしたのでないと文章が書けない。だから、新らしいペンをおろすと不愉快で、厚い堅い紙に直線を縦横無尽に引いて先きを減らすのである。」「また自己の表現に適切な文字を選択するに苦しむのは云ふ迄もないけれど、私のは単に字の形そのものに非常に好悪がある。例へば、私は『玄黝』といふ字を使つた事がない。この字は『玄』も『黝』も二つとも大嫌ひで、仕方がないから、いつも『上り口』と書いておく。」

ざつと、かういふ苦労をして、当時三重吉流といふ言葉が出来たほど、三重吉は彼一流の形容詞を創案した。例へば、「剝げたやうな心」、「ただ黒い気持」、「じりじりしい日の色」、「がちがちした頭」、「掃溜から引きずり出したぼろ靴のやうな頭」などと云ふ類《たぐひ》である。数年後、室生犀星が彼の小説の中に、「うどんのやうにゲラゲラ笑ふ」といふ言葉を使つた時、これも当時評判になつたが、引合に出した室生に重々すまないけれど、三重吉の形容詞を知つてゐる人々は、やはり三重吉の方が本物の如きところがある、と云ひ合つたものである。

一口に云ふと、かういふ感覚とも神経ともつかぬ複雑な心持を表現する場合、室生より三重吉の方が、真に苦しんでゐる、身を以て悩んでゐる、といふ事になる。そこで、他の場合は別として、室生の初期の或る種の小説より、三重吉の後期の小説の方がずつと人に迫る所以である。言ひ換へると、三重吉は、その気持に一本調子のところもあるが、それだけ心の動くままに、迷ひ悩み、思ひ乱れする、それを、消したり書いたり、書いたり消したりしながら、作者自身小説と共に悩み悶えながら、書いた。

鈴木三重吉は、さういふ、血みどろになつて書いたやうな小説を幾つか書き残して、童話の世界へ去り、さうして死んだのである。

児童文学の確立に大きな貢献のあった鈴木三重吉だが、小島政二郎の『眼中の人』によれば、その家庭内暴力や酒乱ぶりはすさまじい（深酒は師の漱石がたしなめたこともある）。しかし、宇野浩二の推薦文は「文」に徹底的にこだわり、具体的な文章事例にまで及ぶ小評論のような趣があって、三重吉の再評価の観点にもなりえる指摘も多い。

★『大岡昇平集』全18巻、岩波書店、一九八二―八四年、全集内容見本より

精神を直立させる確然たる規範

埴谷雄高

もし大岡昇平の作品が戦後に現れなかったならば、私達のもった戦後文学の意味は大いなる欠落部をもったに違いない。即ち、私達がのっぴきならず負い、解かねばならなかった戦争のなかの自己凝視に、重い呵責も自己超克も大きく不足させたままに、戦後の出発をなさねばならなかったであろう。しかし、『俘虜記』や『野火』を出発点とする彼の作品は、私達が見落していたまことに多くのことを明らかにし、私達のもつべき精神の姿勢を、そのはじめから、ただしたのである。そして、いまなお、彼の作品は私達を鼓舞し、いわば、私達の精神を直立さ

せているのである。
或る種の見者として彼が示した目に見えないひとつの基本線からはずれること、それが私達の精神の弛緩となり、衰頽となることを、彼ほど確然と気づかせたものはない。彼の作品は、その点、吾国において珍しいことに、すでにいま一つの規範となっているのである。

まさしく言葉を「直立」させる埴谷雄高独自の緊密感のみなぎる文が、大岡昇平の存在の意義を伝える。二人は一九〇九年生まれの同年齢。対談集『二つの同時代史』は、二十世紀への時代の回想と証言として貴重だが、話の脱線と放言ぶりこそが楽しい一書。

★『吉田健一著作集』全30巻 補巻2、集英社、一九七八―八一年、全集内容見本より

吉田健一と英語

ドナルド・キーン

英語に堪能である日本人は年毎に殖え、日本人は外国語が覚えられないという不名誉を雪いでいるが、吉田健一氏のように英語をよくこなせる人は英国にも稀れである。私は時々吉田さんのお宅で英国人と同席したことがあるが、どんなに教養のある英国人の客よりも吉田さんの英語の方が綺麗だと思った。もともと同席した英国人は皆、吉田さんより年下であったので、無理もないかも知れない。というのは、英語の発音はだんだん汚くなり、教養のある人の言葉の選択自体も粗末になってきたために、四、五十年前の英語をまだしゃべられる人の話は非常

に魅力的に思われる。吉田さんの英語より美しい英語を聞いたことがあるとすれば、バートランド・ラッセルの十八世紀風の英語位のものである。ラッセル伯爵は確かに吉田さんよりも三、四十年前の英語を使っていたと思う。

多分、吉田さんが英語の純粋さを守り通せたのは、不断日本語を使っていたためであろう。ハワイやブラジルの日系人はまだ明治時代の日本語を使っているが、それは新しい日本語の刺激を始終受けていないためだろうが、吉田さんは下品な現代の英語に伝染されず、良き時代のケンブリッヂの言葉をそのまま使っていた。

吉田さんの英語が現代の英米人のほとんどが話している英語と何処が違っているかと聞かれたら、説明しにくいが、これは何よりも態度の問題であろう。大昔から現代まで多くの人間が自己の意志または欲求を伝達することを達成した場合満足し、言葉自体からはそれ以上何も期待していなかった。ところが、吉田さんのような芸術家は、ものを書く場合は勿論のこと、親しい友達と話す場合でも、会話の媒体である言葉を楽しみ、言いたいことが何となく伝えられたと言って単純に喜ぶことはない。日本の親友の多くは自分より年上だったことはそういう友達の会話に若い人の会話にないような雅びがあったためかも知れない。英米人の友人の場合でも、言葉を重んじる人が多かった。

当然なことだが、吉田さんは自分の英語に相当の自信があった。お父さんの『回想四十年』の英訳がロンドンで発刊されたが、ある編集者が原稿に手を入れたので、吉田さんは気を悪くした。幸い、アメリカ版は吉田さんの翻訳を尊重し、一字も変えなかったそうである。英国の編集者が何故、吉田さんの原稿を変えたのか私に分らないが、多分、吉田さんの多少古風な英語を現代化しようとしたためだろう。それは吉田さんの日本語の原稿の仮名遣ひや本字を変える日本人の編集者と同じである。が、アメリカ人の編集者には外国語である英語を変えるほどの自信がなかったかも知れない。

吉田さんはよく戦前の時代を懐しく思い出した。戦前の東京をこわしてしまったアメリカ人の爆弾と日本人の貪欲や戦前のロンドンをこわしたドイツ人の爆弾や英国人の無関心さを嘆いたが、少くとも戦前の言葉を守ろうとして、みごとに成功を収めた。

幼少期の八年間の外国暮らし（父・吉田茂の外交官時代）、家族間の会話は英語、ケンブリッジ大学の受験準備はシェイクスピアの『十二夜』の丸暗記とかいった吉田健一の逸話に対しては、「お坊ちゃん育ちだからね」といった感慨ですむだろう。しかしラッセルまで引き合いに出したキーンの吉田健一の英語力をめぐる証言は、意外に広く言葉の命脈をめぐる思いを運ぶ。

★『〈決定版〉坂口安吾全集』全17巻 別巻1、筑摩書房、一九九八－二〇一二年、全集内容見本より

純潔と無頼

安岡章太郎

坂口安吾を無頼派と呼んで、誰も怪しまない。一つには、いまや無頼が美称であり、とくに作家の場合、無頼にあらずんば無能といひたいほど、無頼が尊重されてゐるせゐであらう。

しかし、安吾は無頼であつても、無頼漢ではなく、無頼の徒でもない。したがつて無頼派と呼ばれることも、安吾自身は内心閉口してゐたかと思ふ。私は一度だけ、桐生の家に安吾を訪ね、無頼といふより遥かに禁欲的な印象を受けた。

それは随分大きな屋敷の離れ間で、離れといつても便所だけで六畳間ほどあり、

分厚い欅の板で張り詰められてゐた。そして庭には孔雀小屋なども見えた。すべてが無用なほどに広大な構へだが、勿論それはこの家の持主の趣味で、安吾には関係のない話である。だが、安吾は決してこの広大さを持て余した様子もなく、むしろ彼の風格に似つかはしい容物に見えた。実際、安吾はこの家の大きさなど一切無視してをり、住居といふ機能だけを認めてゐた。そこに彼の精神の豊かさと禁欲とが感じられた。

ストイックといへば、安吾は長年、矢田津世子を愛しながら、彼女の体に一指も触れることがなかつた。これは美談といふより一種の奇譚の如くに伝へられる。しかし矢田への純潔尊重は、安吾としては当然のことだつた。《言論の自由などと称しても人間の頭の方が限定されてゐるのであるから、俄に新鮮な言論が現れてくる筈もなく、之を日本文化の低さと見るのも当らない。あらゆる自由が許された時に、人は始めて自らの限定とその不自由さに気付くであらう。》（「咢堂小論」）自由が完全に許されて初めて自分の限定と不自由さを知るといふこと、これが安吾の文学の根底にあるもので、純潔もそれがあつて肉体が許されるのであらう。
〝無頼〟などは軽薄なジャーナリズムの喜ぶ符丁の如きものに過ぎない。

「純潔と無頼」というテーマにそって、明解な文の運びで坂口安吾像の修訂を試みる。なるほど、安吾は無頼ではあっても、無頼派ではない。よく知られた矢田津世子との「一種の綺譚」もさることながら、「精神の豊かさと禁欲」を伝える桐生の広い住居についての観察が興味深い。

★『埴谷雄高作品集』全15巻 別巻1、河出書房新社、一九七一－八七年、全集内容見本より

(『埴谷雄高作品集』に寄せて)

平野 謙

結核で自宅療養していた埴谷雄高をひさしぶりに見舞ったとき、ああ、もう埴谷はダメだなと思ったことがある。鼻だけがイヤに高くなって、明らかに死相を呈していた。ただまずいことに、私がハッと驚いて、ああ、もう埴谷はダメだなと思ったことは、すぐそのまま埴谷につたわってしまったのだが、不覚にも、私は埴谷に悟られたとは思いもそめなかった。ここに二人の決定的な相異がある。

小心な私はそのときどきの感情を、いわばさざなみのようにあらわしてしまうが、わが埴谷雄高はつねに韜晦して、容易にその心底を明かさない。というより、

すぐ顔色にあらわれる心情なぞ、隈なく征服しきっているのだ。そこから埴谷雄高独特の反日常的な観念文学も生れるわけで、そういう埴谷雄高の文学に私がかねがね推服している所以も、もはやいわずして明らかだろう。

平野謙は同時代の文学への鋭い臨床的判断に長けた文芸評論家であった。その平野が療養中の埴谷を見舞い、ひそかに「死相」が出ていると断ずる。ところがその見立てを当人に悟られてしまったというのだが、感情を「さざなみのようにあらわしてしまう」批評家と「韜晦」の作家との互いに心情を探る読みのバトルの面白さ。

★『島尾敏雄全集』全17巻、晶文社、一九八〇－八三年、全集内容見本より

島尾敏雄の光と翳

吉本隆明

島尾敏雄の作品に出遇うとき、わたしたちはちょうど、運命が人間を訪れる仕方に出遇うような気がしてくる。はじめは少年の遊びのなかに微かな異和感のようなものが未知の手でそっと投げ込まれる。その異和感がどこからやってきたのか知りたくて少年は長い旅に出なくてはならないだろう。そう思っているとほんとうに少年は旅に出かける。教養ある未知をもとめる遍歴の旅ではなく、繰返し小さな異和感に出遇い、知らずしてそれの輝きを翳りのように身につけては、また出発してゆく単独者の旅である。この旅を終らせるには、じぶんを繰返し訪れ

る異和感がいつもおなじ構造をもった出来ごとをもたらすことの不可解さに打たれるほか術がない。わたしたちはそこに佇んでいる作者を感得したとき、ああいま作者は運命というものに出遇っているのだなと納得するのだ。同情も悲しみも強要せずに、現在の不毛な世界の一角を金属のように通り過ぎてゆくときの光と翳とが織りあげてゆく無類の言葉、それがかれの文学なのだ。

〈異和〉は、吉本隆明が島尾敏雄を語る場合のキーワード。少年＝読者が、「異和感」（この吉本語は「違和感」ではない）の正体を探る「単独者」として、長い読書の旅に出る。そしてついに「運命というものに出遇っている」作者を感得する。このような長く寄り添うような読み方をされた作家の至福を思う。

★『吉本隆明全集』全38巻 別巻1、晶文社、二〇一四年―、全集内容見本より

こころうれしく待つ。

糸井重里

ある人のことを、まるごと知りたいと思うことって、そんなにはないと思うのです。

もの書きの「全集」を揃えようとすることは、「その人をまるごと知っておきたい」という気持ちがあるからだと思うのです。

そして、しかも、「全集」を買って揃えて、まるごとぜんぶを読むということも、あんまりないような気もします。研究者でもなければ、全集をすべて読むなんてことは、しなくて普通なんじゃないかとも思います。

あるもの書きの「全集」を編んで世に問おうとする人がいることと、それを待ちかまえたように買おうとする人がいることは、読む読まないさえも超えて、その「もの書き」が、人びとに「まるごとを知りたいと思わせる人」だったということなのでしょう。

吉本隆明さんのまるごとなんて、家族だって、ご当人だって知れるはずもないのだけれど、近々「全集」が揃えられるとなると、ぼくは祝い事のような気持ちで、その日を待ってしまいます。

糸井重里といえば、吉本隆明の最晩年の講演会実現への奔走ぶりが思い浮かぶ。「『ほぼ日』10周年記念企画　吉本隆明　芸術言語論」。車椅子による登壇、講演時間およそ三時間。すべてを読む・読まないという次元をこえて、「その人をまるごと知っておきたい」という思いに駆られて個人全集を求めることは、私自身にとっても経験的事実だ。だから月報だって欠落があってはならない。

★『西條八十全集』全17巻 別巻1、国書刊行会、一九九一－二〇一四年、全集内容見本より

父のこと

三井嫩子

西條八十が孤独に徹した人と言ったら誰しも予想外に思うだろう。たしかに父には華やかな時期はあった。けれどその華やかな期間こそ、また多くの人々にかこまれている時ほど、父の孤独感は深かったのではないだろうかと思う。そして妻晴子を失って以来、父はさいはての日まで一〇年あまり、本来の孤独に耐えた。声帯の異常で声を失ってから、ことさら誰にも会わなくなった。父はときたま近所に散歩に出る以外は、十六世紀から最近のシュルレアリズムまでのフランス詩の研究をしているか、テレビでアンタッチャブル、ヒッチコックの作品、宇宙ド

ラマなどを楽しんでいた。そんな時、あの永遠に少年のように澄んでいた父の瞳が輝き、口もとが無邪気に明るくほどけて微笑みが美しかった。

父のもとにひきとられた私が、灯ともし頃によく女友達に電話する声が聞こえると、あのかすれた響きのない低い声で、「僕は孤独に正面からむきあっているんだよ。電話などするのは弱くていけない」と一度だけ叱られたことがある。

母逝いて私がはじめて気づいた事は、父は正直すぎるほど芸術家気質そのもので、大きなだだっ子のようにわがままで、また、母を恋う少年のように寂しがりやなことであった。「僕は一生に一度も原稿を売りこんだことはない」と語っていたが、あれほどの才なくしては決して人に認められないと確信されるぐらい世わたりべたの人であった。あの永遠に新鮮で西欧的、形而上学的なイマジネーションに充ちた詩は、仏訳されるか、英訳されていたら恐らく国際的にも高く評価されたものと確信する。

（「父のこと」昭和四十七年、西條八束発行『西條八十著作目録・年譜』収載より）

詩人というものは娘にこのような詩興をこめた名をつけるものなのか、と感心してしまう（「嫩子《ふたばこ》」の「嫩」の意味は「若くてしなやか」）。身近に暮らした娘ならではの見方から、詩人の孤独と自負が素直に伝わってくる。とりわけ女友達との電話の文句の一件は、いかにも男親の言いそうなことだ。

★『〈普及版〉芥川龍之介全集』全10巻、岩波書店、一九三四―三五年、全集内容見本より

遺児の事

菊池　寛

死後に出た芥川の全集は、あまり高かつたので、普及してゐないのは、甚だ残念だつたが、今度廉価全集として、広く世に行はれるやうになつたことは、たいへんいゝ事だ。此間の八回忌に、僕は

　思出のなほ生々し八回忌

と云ふ拙い句を作つたが、しかし一般の読者もなほ、芥川のことをマザ〱と

覚えてゐてくれるだらうと思ふ。芥川は死ぬとき、「金は二千円しかない」と言つた。それは芥川自身の金で、遺族としては、相当余裕があるだらうが、しかし遺児は、十五を頭に十三、十と三人とも男の子で、しかも秀才揃ひである。だから、この全集が売れて、遺児教育資金に当てられゝば、たいへん結構だと自分は思つてゐる。

この普及版全集の内容見本には、佐藤春夫、室生犀星、斎藤茂吉をはじめ文壇の中心人物たちの推薦文が並ぶ。そうした中にあって、ひっそりと最後近くに置かれた菊池寛の現実的判断に根ざしたシンプルな文が、とりわけ異彩を放っている。全集が売れて、秀才揃いの「遺児教育資金」になればいいと述べているのだから。

★『岡本かの子全集』全15巻 補巻1 別巻2、冬樹社、一九七四－七八年、全集内容見本より

母かの子の人間像

岡本太郎

岡本かの子は私にとって、母親というよりも強烈に生きた人間としての思い出が濃い。

事実、私は母親をもったという気は全くしないのだ。ごく幼い頃は別として、やや成長して男の子になってから、私にすっかり甘え、むしろ妹みたいな存在になってしまった。一緒に遊び、楽しみ、議論もすればひどく喧嘩もした。

実際、私たち親子はしょっちゅう兄弟喧嘩のようにやりあっていたようだ。母と私はひどく性格が似ている。二人とも激しい。そのために、ことごとにぶつか

りあうのだ。父は冷静な大人で、そばに居て注意深く様子を見まもりながら、時にはなだめたり、仲裁に入ったりしていた。たちいってはこない。ときどき私に、「お前の方が正しいかもしれない。だがお母さんは女なんだから、譲ってやらなければいけない。」と静かにさとすことはあったが。

というのは、どうしても私の方が男だし、もちろん若い、だから母の方が肉体的に参ってしまうというのだ。頑健な体質にみえて、母は弱いところを多分にもっていた。殊にすぐ神経にひびく。

それもあって私は小学校からずっと寄宿舎に入れられていた。「太郎さんを愛しすぎるから、一緒にいると感情がたかぶって病気になる。離れて暮した方がいいですよ。」と周囲の人々もみんな言った。父もその意見だった。

私が十八の年、一緒に欧州に出かけたのだが、パリでも私は自分のアトリエを借り、父母は別のアパルトマンに住んで、打ち合せては一緒に観劇したり、食事するという生活。

いまも思い出す。母子一緒になるときは、互いにふくらみきって、一せいに世界がひらききるようなよろこびを感じる。がまた何かのきっかけで、すぐ口論になり、激烈にやりあう。しかしその後味は爽かに、高かった。

やがて父母はロンドンやベルリン、アメリカを廻り、帰国した。それから母の死ぬまで、遠く離れて一度も会わずじまいである。時間的には短い母子の縁であった。しかし精神、情感においては、これほど激しく結ばれた人間関係はない、という思いがする。

私には母の肉体と自分とが一体となって、血が流れあい、脈打ってまわっているような実感だった。それだけに、別れてから八年目、パリで母の訃報を受けたときは、なま身をそぎ落されたような衝撃だった。

母が小説を本格的に書きだしたのはヨーロッパから帰ってからだ。その創作活動のディテールについて、私は知らない。

また母の文学についてここで云々するつもりもないが。ただ思う。父をはじめ、彼女をそばでもりたてた男たち、その稀有な人間関係に支えられて、誇らかにひらいた純粋無垢の人間像。激しく、大きく、豊かに包むものをもちながら、また一面、幼稚で、非合理な暴君でもある。その猛烈な振幅と、矛盾を包み込んで、かの子文学は生きているのだと。

しかし私の知る限りでは、母の生前は一般の評価はかなりきびしかった。川端康成、林房雄、亀井勝一郎氏等、若い俊秀の真摯な讃美に力づけられてはいたが、酷薄な批判が圧倒的だった。

母の死後一年、ヨーロッパの戦火をのがれて私が帰国するとき、船中で読んだ雑誌にも、母を評して「お釋迦様は何千年も前に、女人は済度し難いと言った。まことにその通りだ。」などと皮肉たっぷりに書いてあった。歿後でさえこんな調子であった。

しかし時とともに、次第に、かの子の全体が新しい息吹きのようにひろがってきた。何か一種の呪術のような力をもって。かの子文学のわかる人、わからない人、好き嫌いをひっくるめて、何かこのユニークな存在は現代の人間生命の空しさをみたす熱気をもっている。

今度岡本かの子の文学の全貌を網羅した決定的な全集が出版されることは、このようなかの子の人間像の秘めた魔性の力をつかみとり、芸術の真髄を再確認するチャンスである。

芸術こそ呪術であるというのが私の信念だ。ただその時代に恰好がよかったり、好かれる、そういう一種の消耗品のようなものは芸術ではない。空しいのである。時をこえて、うめき、歎き、歓喜し、不可思議な生命力をうちこんでくる、呪力にこそ芸術の本質がある。

この全集が今日の多くの〝いのち〟にふれ、そこからふきおこる新しい情熱と叫びを私は期待したい。

監修委員の川端康成氏が先年意外な亡くなり方をされた。

川端さんは最も早く母を認め、また非常に身近につきあわれた。今度の全集についても、いろいろと心を砕いて下さったが。絶筆がこの全集のための、かの子頌であったことが公表され、人々の胸を打った。川端さんと母との深い縁にあらためて思いをはせるのである。

父は画家・漫画家の岡本一平だが、かの子の愛人たちとの同居の問題だけでも、その夫婦生活は凡人の成し得るものではない。岡本太郎の凄みは、そうした母の「純粋無垢」と「非合理な暴君」のような人間性をときに反目しつつも、心から受け入れ、愛していたことだ。パリで父から母の訃報を受けた太郎の激しい動転ぶりは、『母の手紙』にも詳しく描かれている。子どもでも誤解をするほど純粋な母の性格。純粋であるがゆえに誤解されるのであり、「私は誤解のカタマリみたいな人間こそ、素晴らしいと思う」（『一平かの子——心に生きる凄い父母』）とは、太郎語録のひとつである。

つれづれの記

あとがきに代えて

遠い過去にさかのぼる話である。

若き日、私は『都市』（田村隆一編集）という文学芸術季刊誌を発行している出版社の編集者だった。ボルヘス、マゾッホ、Ｗ・Ｈ・オーデンなどの全集企画が進みつつあったものの、実現を前に会社は命脈尽きてしまった。この当時のエピソードは多々あるが、書きだすときりがないし、またその場でもない。ただし、本書の刊行の淵源とも言える話は記しておかなければならない。

その出版社の先輩のＴ・Ｍさんは有能な編集者で、企画力はもちろんのこと、読書の幅と量に圧倒的なものがあり、しかも読んだ本の特質をワンフレーズで的確にまとめてみせる言葉の技もあった。会社が解散して数年後、何の折だったか、私はＴ・Ｍさんにこう尋ねられた。

「ねえ、大先生（彼はふざけていつも私をこう呼ぶ）、河出からでた小川国夫全集の内容見本を見たかい？」

「まだ見てないけど、なんで？」

「吉本隆明の推薦文を、ぜひ読んでほしいんだ」

T・Mさんは小川国夫に寄せた吉本隆明の推薦文を口誦してみせた。それは、次のような表現として私の記憶のなかに棲みついた。


〈小川国夫の文学は、上質なワインの芳香がする。いや、待て、俺がそんなものに心惹かれるわけがない。ワインの底に蝮がとぐろを巻いているのだ。それが小川国夫の世界である〉

本書七〇頁に載っている実際の吉本隆明の推薦文は、もっと表現に屈曲感と巧みな修辞性がある。私の記憶のなかに波紋を描いた表現は簡素なものだが、それでも文学全集の「内容見本」への関心を呼び起こすには十分だった。以来、古書店を中心にのんびりとしたペースで集め、相当数になった。本書の刊行の話が具体化し始めたとき、T・Mさんにも協力を求めたのだが、「内容見本？　ごめん、もうとっくに処分してしまった」とあっさり言われ、落胆。しかし、推薦文のアンソロジーの企画は感心してくれたので意を強くした。

「はじめに」でも触れたが、「内容見本」は作家による作家の魅力的な推薦文の宴のような趣がある。私の知る限り、最も美麗な「内容見本」は『武満徹全集』（小学館）で、詳細な作品一覧と年譜を備えている。推薦文そのものの充実ぶりということならば、『吉田健一著作集』（集英社）であろうか。『安部公房全集』（新潮社）は全集パンフレットとして内容豊富だが、推薦文は一点のみで、ヴィジュアル的にも黒を基調としており、何やら抽象的な雰囲気が漂って、いかにもこの作家らしい体裁と言える。それから……、とこうして書き出すと際限がなくなる。

推薦文の主意が、「この人を見よ」にあるとすれば、称賛の名指しをされる人だけでなく、名指しをする人にも「見よ」の声は反響する。どういうことか？　わずかな例を示すにとどめるが、大江健三郎が草野心平に推薦文を寄せることは想定できるものの、菊池寛の称揚にはいささか意表をつかれた（本書五二頁）。しかも評伝を書きたい気持ちまであったとは、驚きだった。本書には収載しなかったが円地文子への共感の文もあり、これらの推薦文から大江健三郎という作家への理解に向けて、新たな線を引かなければいけない思いを強くした。

本書から思いがけない読書の刺戟を受けることは、多くの人にあるにちがいない。私の場合、古井由吉が瀧井孝作の全集に書いた推薦文が好例だった（本書二五二頁）。静かな熱気をはらんだ賛辞に、未読であった『無限抱擁』を古井由吉の作品的声音を重ねて読む愉楽を味わった。ちなみに瀧井孝作は古井由吉の『杏子』が芥川賞を受賞するとき、選考委員として同作を高く評価した人でもあった。

あるいは、吉本ばななの「父と全集」（本書八〇頁）。コメントに書いた「涙腺」のことはここで繰り返さないが、読後にふらふらと想念が漂いだして、ばななの短篇小説「おやじの味」のオムレツに行き着いた。家族から離れて独居するおやじのもとに、語り手の娘が訪ねる。おやじはバターをあらかじめタネとして卵に入れておいた特製のオムレツを作ってくれる。その美味しさに娘は、「生きていることに意味がある」と思うほど感極まってしまう。このオムレツに家庭人としての吉本隆明の父親ぶりの匂いを感じてしまうのだが、さてどうであろうか？

　映像が甦ることもある。池部良（本書一八二頁）をめぐる想念の漂流。この稀代の俳優の名を聞けば、ある世代にはヒリヒリとした気分とともに思い浮かんでくる場面があるはずだ。たとえば、マキノ雅弘監督〈昭和残侠伝〉シリーズの最高傑作として知られる第七作『昭和残侠伝　死んで貰います』（一九七〇）のシーン。主題歌「唐獅子牡丹」。懐にドスを潜ませ、死を覚悟して殴り込みに行く風間重吉を演ずる池部良が、高倉健に言う一世を風靡した決め台詞、「ご一緒、ねがいます」（かくも歳月がたつと、このような凍結した記憶を融かしても気恥ずかしさなどまったくなくなった）。池部良は数多い著作を持つ名エッセイストでもあり、洒脱にして抑制されたスタイルはまことに味わい深い。ついでながら、平松洋子の「最後の銀幕スタア――池部良賛江」（『野蛮な読書』所収）は池部良の魅力をあざやかに伝える頌辞である。

　私的な回想や感懐におよぶことを含め、推薦文が呼びおこす想念は種々様々で、寸評もまたあえて種々様々の思いのまま記した。それでも収録した文は、内容見本のうちの一部でしかない。例えば、先の意想外の人選ということになるが、西脇順三郎が丹羽文雄の全集へ「人間究明の文学」としてロレンスまで引証しながら推薦文を書いたものもあり、ユニークな組み合わせに興趣が動いた。

個人文学全集など、もはや遠くにあって思うものと言いたいところだが、かつての活況とは比べようもないほど少数であるにせよ、刊行は継続されている。何度も出版されている夏目漱石の全集『〈定本〉漱石全集』（岩波書店）とか、あるいは『大江健三郎全小説』（講談社）は別格として、個人全集の多くが小規模の会社から出ていることは、せめて図書館関係者だけでも配意すべきではないかと思う。『吉本隆明全集』（晶文社）は言うまでもなく、私自身が編集委員の一人だった小島信夫の評論集成・全八巻、短篇集成・全八巻、長篇集成・全一〇巻（水声社）、『〈完本〉丸山健二全集』（柏艪舎）にいたっては、何と全百巻の予定らしい。また、『大佛次郎セレクション』（未知谷）や『吉田知子選集』（景文館書店）など。記憶だけでリストアップしているので網羅できないが、他にもまだ小さな版元の努力によって刊行された注目すべき個人全集があるはずだ。

本書の刊行に当たって、採録を快諾してくださった執筆者、著作権者の方々に衷心から御礼を申し上げたい。許諾の交渉に当たっては、日本文藝家協会にご助力いただいた。どの推薦文とは言わないが、許可が取れなかったならば出版を諦めようと考えていた収録候補が四つほどあって心配していたものの、幸にもすべて承諾を得られた。

煩雑な作業が数多くあるにもかかわらず、的確に仕事を進めていただいた風濤社の担当編集者の鈴木冬根さん、採録文の選出の相談に加わり、進捗状況を温かく見守ってくださった社主の高橋栄さんに、深く感謝申し上げたい。拙著『風の湧くところ』に引き続き『読書空間、または記憶の舞台』を刊行した後、思いつきを口にするいつもの私の習癖のまま、三人の雑談の席であれこれ出版企画を並べ立てたとき、この推薦文のアイディアにお二人そろって即座に刊行の意志を示された日を忘れられない。なぜなら、「こまった。そんな仕事、面倒くさいな」と内心で思ったからだ。実際、予想以上に面倒くさかった。しかし、貴重な日本語遺産ともいうべき文章の宴へ、読者の皆さんを招待する機会が訪れた今は、大きな歓びを感じている。

二〇一八年、酷暑の夏に

中村邦生

INDEX

略歴＆索引

〈ア行〉

芥川龍之介

あくたがわ・りゅうのすけ

1892-1927

小説家。東京生まれ。知的な技巧にたけた大正期の代表的作家。短篇「鼻」が夏目漱石に賞賛され文壇に登場。主な著作に『羅生門』『地獄変』『河童』。

†全集→ 62, 97, 220, 284 頁

阿佐田哲也

あさだ・てつや

→色川武大

安部公房

あべ・こうぼう

1924-93

小説家。東京生まれ。人間存在の不条理性を実験的手法で追究。劇作家としても活躍。主な著作に『砂の女』『他人の顔』『燃えつきた地図』『箱男』。

†執筆→ 198 頁

有島武郎

ありしま・たけお

1878-1923

小説家。東京生まれ。白樺派の作家。札幌農学校をへてアメリカ留学。主な著作に『或る女』『生れ出づる悩み』『カインの末裔』『惜みなく愛は奪ふ』。

†全集→ 223 頁

有吉佐和子

ありよし・さわこ

1931-84

小説家。和歌山県生まれ。古典芸能から社会問題まで幅広い題材をあつかう。主な著作に『地唄』『紀ノ川』『華岡青洲の妻』『恍惚の人』『複合汚染』。

†執筆→ 234 頁

池部 良

いけべ・りょう

1918-2010

俳優・エッセイスト。東京生まれ。主演映画に『青い山脈』『雪国』『乾いた花』『昭和残侠伝』他多数。主な著作に『そよ風ときにはつむじ風』等。

†執筆→ 182 頁

石川 淳

いしかわ・じゅん

1899-1987

小説家。東京生まれ。フランス文学と江戸文学の造詣が深く、技巧的で高雅な作風。主な著作に『普賢』『紫苑物語』『狂風記』『文学大概』。

†全集→ 50, 198 頁　†執筆→ 97, 254 頁

石川啄木

いしかわ・たくぼく

1886-1912

詩人・歌人。岩手県生まれ。天才歌人として期待されたが、26 歳で病死。主

な著作に『一握の砂』『悲しき玩具』『呼子と口笛』『時代閉塞の現状』。

†全集→ 111 頁

糸井重里

いとい・しげさと

1948-

コピー制作・文筆をはじめ、幅広く活動。群馬県生まれ。「ほぼ日刊イトイ新聞」主宰。主な著作に『オトナ語の謎。』、吉本隆明との共著『悪人正機』。

†執筆→ 194, 279 頁

井上ひさし

いのうえ・ひさし

1934-2010

小説家・劇作家。山形県生まれ。笑いと鋭い諷刺にあふれる作風。主な著作に『手鎖心中』『吉里吉里人』、戯曲『道元の冒険』『頭痛肩こり樋口一葉』。

†執筆→ 30, 133 頁

井上 靖

いのうえ・やすし

1907-91

小説家。北海道生まれ。物語性のゆたかな中間小説、歴史小説で人気を得た。主な著作に『闘牛』『氷壁』『天平の甍』『蒼き狼』『おろしや国酔夢譚』。

†執筆→ 158 頁

井上陽水

いのうえ・ようすい

1948-

歌手、作詞・作曲家。福岡県生まれ。『氷の世界』は日本レコード史上初のミリオンセラー。代表曲に「傘がない」「夢の中へ」「少年時代」。

†執筆→ 33 頁

井伏鱒二

いぶせ・ますじ

1898-1993

小説家。広島県生まれ。ユーモアと哀感を基調とした作風。『ドリトル先生』の翻訳もある。主な著作に『山椒魚』『ジョン万次郎漂流記』『黒い雨』。

†全集→ 77 頁　†執筆→ 74, 120, 240 頁

色川武大

いろかわ・たけひろ

1929-89

小説家。東京生まれ。阿佐田哲也の筆名で数多くの麻雀小説も執筆。主な著作に『怪しい来客簿』『離婚』『百』『狂人日記』『麻雀放浪記』。

†全集→ 33 頁

ポォル・ヴァレリイ

Paul Valéry

1871-1945

フランスの詩人、文芸思想家。20 世紀フランスを代表する知の巨人。主な著作に『テスト氏との一夜』『エウパリノス』『若きパルク』『カイエ』。

†全集→ 164 頁

植草甚一

うえくさ・じんいち

1908-79

評論家。東京生まれ。通称 "J. J 氏"。映画、ジャズ、ミステリーを始め、サブカルチャーを旺盛に紹介。主な著作に『ぼくは散歩と雑学が好き』等。

†全集→ 187 頁

内田 樹

うちだ・たつる

1950-

思想家・武道家。東京生まれ。フランス思想から、武道論、教育論、政治論など幅広い評論活動。主な著作に『街場の現代思想』『日本辺境論』。

†執筆→ 214 頁

内田百閒

うちだ・ひゃっけん

1889-1971

小説家・随筆家。岡山県生まれ。夏目漱石に師事。幻想味と諧謔に富む作風。主な著作に『冥途』『百鬼園随筆』『贋作吾輩は猫である』『阿房列車』。

†執筆→ 246 頁

宇野浩二

うの・こうじ

1891-1961

小説家。福岡県生まれ。大正文壇の異色の私小説作家。ゴーゴリの評伝もある。主な著作に『蔵の中』『山恋ひ』『子を貸し屋』『枯木のある風景』。

†全集→ 254 頁　†執筆→ 260 頁

宇野千代

うの・ちよ

1897-1996

小説家。山口県生まれ。男女の情欲と葛藤を凝視する作品世界。主な著作に『色ざんげ』『おはん』『風の音』『或る一人の女の話』『生きて行く私』。

†全集→ 230 頁

ヴァージニア・ウルフ

Virginia Woolf

1882-1941

イギリス小説家。イギリス・モダニズム文学を代表する一人。小説の方法的革新に貢献。主な著作に『ダロウェイ夫人』『燈台へ』『オーランドー』。

†全集→ 171 頁

円地文子

えんち・ふみこ

1905-86

小説家、劇作家。東京生まれ。源氏物語の現代語訳など日本の古典文学に精通。主な著作に『女坂』『ひもじい月日』『朱を奪ふもの』『なまみこ物語』。

†執筆→ 55, 135 頁

大江健三郎

おおえ・けんざぶろう

1935-

小説家。愛媛県生まれ。1994 年ノーベル文学賞受賞。現代文学のフロントランナー。主な著作に『飼育』『万延元年のフットボール』『同時代ゲーム』。

†全集→ 133 頁　†執筆→ 52, 86 頁

大岡昇平

おおおか・しょうへい

1909-88

小説家。東京生まれ。第二次世界大戦の捕虜体験に基づき戦争文学の傑作を著す。主な著作に『俘虜記』『野火』『レイテ戦記』『武蔵野夫人』。

†全集→ 266 頁

大岡 信

おおおか・まこと

1931-2017

詩人・評論家。静岡県生まれ。朝日新聞の長期連載コラム「折々のうた」は好評を得た。主な著作に『春　少女

に』『うたげと孤心』『紀貫之』。
†執筆→ 111 頁

大庭みな子
おおば・みなこ
1930-2007
小説家。東京生まれ。〈魂の流刑地の記録〉と自ら言う『三匹の蟹』は「大型新人の登場」として話題を呼ぶ。他の主な著作に『寂兮寥兮』『啼く鳥の』。
†全集→ 48 頁　†執筆→ 129 頁

岡本かの子
おかもと・かのこ
1889-1939
歌人・小説家。東京生まれ。夫は漫画家の岡本一平、長男は画家の岡本太郎。歌人として出発。主な著作に『母子叙情』『老妓抄』『河明り』『生々流転』。
†全集→ 286 頁

岡本太郎
おかもと・たろう
1911-96
画家、エッセイスト。東京生まれ。岡本一平・かの子の長男。パリに長期滞在。主な美術作品に《傷ましき腕》《森の掟》。芸術論を中心に著作も多い。
†執筆→ 286 頁

小川国夫
おがわ・くにお
1927-2008
小説家。静岡県生まれ。私家版の『アポロンの島』が島尾敏雄によって見出される。主な著作に『海からの光』『試みの岸』『彼の故郷』『逸民』。
†全集→ 70 頁

〈カ行〉

開高 健
かいこう・たけし
1930-89
小説家。大阪生まれ。ベトナム戦争のルポルタージュで知られる。旅と釣り好き。主な著作に『裸の王様』『輝ける闇』『玉、砕ける』『オーパ！』。
†全集→ 38 頁　†執筆→ 109, 236 頁

梶井基次郎
かじい・もとじろう
1901-32
小説家。大阪生まれ。鋭く繊細な感性で心象世界を描く。31 歳で夭折。主な著作に『檸檬』『城のある町にて』『冬の日』『冬の蠅』『闇の絵巻』。
†全集→ 24 頁

加藤典洋
かとう・のりひろ
1948-
文芸評論家。山形県生まれ。『敗戦後論』が活発な論争を呼び起こす。主な著作に『言語表現法講義』『アメリカの影』『戦後的思考』『小説の未来』。
†執筆→ 216 頁

金子光晴
かねこ・みつはる
1895-1975
詩人。愛知県生まれ。世界を放浪し、反戦反権力から性愛まで絢爛たる詩的世界を展開。主な著作に『こがね蟲』『非情』『愛情 69』『どくろ杯』。
†全集→ 68 頁

川端康成

かわばた・やすなり

1899-1972

小説家。大阪生まれ。1968 年ノーベル文学賞受賞。独自の日本的美意識を追究。主な著作に『伊豆の踊子』『雪国』『千羽鶴』『山の音』『眠れる美女』。

†執筆→ 24 頁

川本三郎

かわもと・さぶろう

1944-

評論家。東京生まれ。執筆の対象は、文学・映画・漫画・東京・旅など幅広い。主な著作に『大正幻影』『荷風と東京』『林芙美子の昭和』『白秋望景』。

†執筆→ 100 頁

上林 曉

かんばやし・あかつき

1902-80

小説家。高知県生まれ。私小説の手法を用いた多くの作品で知られる。主な著作に『薔薇盗人』『聖ヨハネ病院にて』『白い屋形船』『ブロンズの首』。

†全集→ 240 頁

菊池 寛

きくち・かん

1888-1948

小説家・劇作家。香川県生まれ。雑誌『文藝春秋』創刊、芥川・直木賞を創設。主な著作に『父帰る』『忠直卿行状記』『恩讐の彼方に』『真珠夫人』。

†全集→ 52, 88, 218, 248 頁
†執筆→ 284 頁

ドナルド・キーン

Donald Keene

1922-

日本文学者・日本学者。ニューヨーク生まれ。海外における日本文学研究の第一人者。主な著作に『百代の過客』『日本文学の歴史』『日本文学史』。

†執筆→ 268 頁

草野心平

くさの・しんぺい

1903-88

詩人。福島県生まれ。「蛙の詩人」として知られ、独自の宇宙観で詩作。『歴程』を主宰し多くの詩人を輩出。主な著作に『第百階級』『定本　蛙』。

†全集→ 66, 86 頁

久世光彦

くぜ・てるひこ

1935-2006

演出家・小説家。東京生まれ。テレビドラマ『時間ですよ』『寺内貫太郎一家』等を演出し大ヒット。主な著作に『一九三四年冬—乱歩』『聖なる春』。

†執筆→ 131 頁

倉橋由美子

くらはし・ゆみこ

1935-2005

小説家。高知県生まれ。小説の方法を先鋭に問い続け、実験性の強い作品を執筆。主な著作に『パルタイ』『聖少女』『夢の浮橋』『アマノン国往還記』。

†執筆→ 174 頁

黒柳徹子

くろやなぎ・てつこ

1933-

放送タレント・作家。東京生まれ。「徹子の部屋」はテレビ長寿番組とし

て知られる。主な著作に『窓ぎわのトットちゃん』『チャックより愛をこめて』。

†執筆→ 176 頁

小池昌代

こいけ・まさよ

1959-

詩人・小説家。東京生まれ。和歌と現代詩を往還する『百人一首』の現代詩訳もある。主な著作に『もっとも官能的な部屋』『コルカタ』『タタド』。

†執筆→ 64 頁

小池真理子

こいけ・まりこ

1952-

小説家。東京生まれ。恋愛小説、サスペンス、ミステリーで人気を博す。主な著作に『恋』『欲望』『虹の彼方』『無花果の森』『沈黙のひと』。

†執筆→ 211 頁

幸田 文

こうだ・あや

1904-90

小説家・随筆家。東京生まれ。幸田露伴の次女。父の看取りの記録『雑記』により、文筆家デビュー。主な著作に『流れる』『おとうと』『崩れ』『木』。

†全集→ 129, 154, 234 頁
†執筆→ 107, 154 頁

河野多恵子

こうの・たえこ

1926-2015

小説家。大阪生まれ。評論『谷崎文学と肯定の欲望』等、谷崎潤一郎に傾倒。主な著作に『美少女・蟹』『最後の時』『不意の声』『みいら採り猟奇譚』。

†執筆→ 192 頁

ニコライ・ゴーゴリ

Николай Васильевич Гоголь

1809-52

ウクライナ生まれのロシアの小説家・劇作家。ロシア・リアリズム文学の創始者。日本作家への影響も大きい。主な著作に『外套』『鼻』『検察官』。

†全集→ 58 頁

小島信夫

こじま・のぶお

1915-2006

小説家。岐阜県生まれ。『別れる理由』は、私小説と奔放な実験性の融合した問題作として知られる。主な著作に『アメリカン・スクール』『抱擁家族』。

†全集→ 151 頁　†執筆→ 118, 151 頁

小林秀雄

こばやし・ひでお

1902-83

評論家。東京生まれ。日本における近代批評の確立者とされる。主な著作に『ドストエフスキイの生活』『モオツアルト』『ゴッホの手紙』『本居宣長』。

†全集→ 55, 238 頁

〈サ行〉

西條八十

さいじょう・やそ

1892-1970

詩人。東京生まれ。雑誌『赤い鳥』に多くの童謡を発表。歌謡曲「青い山脈」の作詞家でもある。主な著作に『砂金』『鸚鵡と時計』『白孔雀』。

†全集→209, 281 頁

坂口安吾

さかぐち・あんご

1906-55

小説家。新潟県生まれ。無頼派の代表的作家。戦後、先鋭な時代批判を展開した。主な著作に『風博士』『白痴』『日本文化私観』『堕落論』。

†全集→43, 189, 272 頁

佐多稲子

さた・いねこ

1904-98

小説家。長崎県生まれ。プロレタリア作家として出発、戦後は作風を広げた。主な著作に『キヤラメル工場から』『くれなゐ』『樹影』『夏の栞』。

†執筆→116 頁

サトウ・ハチロー

1903-73

詩人。東京生まれ。佐藤愛子の兄。「ちいさい秋みつけた」等の作詞者として声名。主な著作に『爪色の雨』『おかあさん』『ジロリンタン物語』。

†執筆→209 頁

沢木耕太郎

さわき・こうたろう

1947-

ノンフィクション作家。東京生まれ。『深夜特急』でバックパッカーになった人も多い。主な著作に『テロルの決算』『一瞬の夏』『キャパの十字架』。

†執筆→203 頁

椎名 誠

しいな・まこと

1944-

小説家・エッセイスト。東京生まれ。『本の雑誌』を創刊。主な著作に『さらば国分寺書店のオババ』『哀愁の町に霧が降るのだ』『岳物語』。

†執筆→46 頁

塩野七生

しおの・ななみ

1937-

小説家。東京生まれ。ローマ在住。イタリアの歴史小説を精力的に執筆。主な著作に『チェーザレ・ボルジアあるいは優雅なる冷酷』『海の都の物語』。

†執筆→40 頁

志賀直哉

しが・なおや

1883-1971

小説家。宮城県生まれ。白樺派の代表的作家。緊密な文体の短篇小説を多く残す。主な著作に『大津順吉』『城の崎にて』『和解』『暗夜行路』。

†執筆→94 頁

篠田正浩

しのだ・まさひろ

1931-

映画監督。岐阜県生まれ。『恋の片道切符』で監督デビュー。主な監督作品に『心中天網島』『写楽』等。著作としては『エイゼンシュテイン』等。

†執筆→184 頁

司馬遼太郎

しば・りょうたろう

1923-96

小説家。大阪生まれ。歴史小説で新境地を開く。紀行『街道を行く』もよく

知られる。主な著作に『竜馬がゆく』『国盗り物語』『坂の上の雲』。

†執筆→ 102 頁

澁澤龍彦

しぶさわ・たつひこ

1928-87

小説家・仏文学者。東京生まれ。東西の異端文学、幻想文学の碩学。主な著作に『胡桃の中の世界』『思考の紋章学』『唐草物語』『高丘親王航海記』。

†執筆→ 169 頁

島尾敏雄

しまお・としお

1917-86

小説家。神奈川県生まれ。夢想譚や戦争体験に基づく作品、南島論など多様な作家活動を展開。主な著作に『死の棘』『島の果て』『日の移ろい』。

†全集→ 277 頁

島田雅彦

しまだ・まさひこ

1961-

小説家。東京生まれ。大学在学中に『優しいサヨクのための嬉遊曲』でデビュー。主な著作に『天国が降ってくる』『夢使い』『彼岸先生』『退廃姉妹』。

†執筆→ 38 頁

庄野潤三

しょうの・じゅんぞう

1921-2009

小説家。大阪生まれ。日常生活の静かな哀歓を繊細な筆致で描きだす。主な著作に『プールサイド小景』『静物』『夕べの雲』『明夫と良二』。

†執筆→ 171, 256 頁

新藤兼人

しんどう・かねと

1912-2012

映画監督・脚本家。広島県生まれ。シナリオ関係の本をはじめ多くの著作がある。主な監督作品に『愛妻物語』『原爆の子』『裸の島』『一枚のハガキ』。

†執筆→ 178 頁

鈴木清順

すずき・せいじゅん

1923-2017

映画監督。東京生まれ。主な監督作品に『殺しの烙印』『ツィゴイネルワイゼン』『陽炎座』等。著作は『鈴木清順エッセイ・コレクション』等がある。

†執筆→ 180 頁

鈴木三重吉

すずき・みえきち

1882-1936

小説家。広島県生まれ。夏目漱石の推挙でデビュー。児童雑誌『赤い鳥』を創刊。主な著作に『千鳥』『桑の実』『小鳥の巣』『湖水の女』。

†全集→ 260 頁

曽野綾子

その・あやこ

1931-

小説家。東京生まれ。人生、社会、政治に積極的な発言を続ける。主な著作に『遠来の客たち』『神の汚れた手』『天上の青』『老いの才覚』。

†執筆→ 230 頁

孫文

そん・ぶん

1866-1925

中国革命の指導者・政治家。辛亥革命により清朝を打倒、臨時大総統に就任するも袁世凱に譲る。中国国民党を結成し革命を推進したが、病死。

†執筆→ 123 頁

〈タ行〉

高橋和巳

たかはし・かずみ

1931-71

小説家。大阪生まれ。中国文学者。深い思索に基づく作品は、全共闘世代に愛読された。主な著作に『悲の器』『邪宗門』『憂鬱なる党派』『わが解体』。

†全集→ 211 頁　†執筆→ 144 頁

高橋源一郎

たかはし・げんいちろう

1951-

小説家。広島県生まれ。批評精神の旺盛な作家活動を続ける。主な著作に『さようなら、ギャングたち』『優雅で感傷的な日本野球』『日本文学盛衰史』。

†執筆→ 50, 196 頁

高村光太郎

たかむら・こうたろう

1883-1956

詩人・彫刻家。東京生まれ。彫刻家・高村光雲の長男。代表的な彫刻作品に《獅子吼》《手》がある。主な著作に『道程』『智恵子抄』『ロダンの言葉』。

†執筆→ 164 頁

瀧井孝作

たきい・こうさく

1894-1984

小説家・俳人。岐阜県生まれ。俳人として出発し、芥川龍之介、志賀直哉を知り小説を執筆。主な著作に『無限抱擁』『野趣』『俳人仲間』『折柴句集』。

†全集→ 252 頁

瀧口修造

たきぐち・しゅうぞう

1903-79

詩人・美術評論家。富山県生まれ。シュルレアリスムに傾倒。主な著作に『近代芸術』『幻想画家論』。他にブルトンの翻訳、ミロとの詩画集等がある。

†執筆→ 200 頁

武田泰淳

たけだ・たいじゅん

1912-76

小説家。東京生まれ。中国文学者でもあり、評論『司馬遷』で注目される。主な著作に『風媒花』『ひかりごけ』『森と湖のまつり』『富士』。

†全集→ 120 頁　†執筆→ 146, 250 頁

武田鉄矢

たけだ・てつや

1949-

歌手・俳優。福岡県生まれ。海援隊のボーカル。「母に捧げるバラード」「贈る言葉」がヒット。俳優としても人気を博す。映画、舞台の脚本も執筆。

†執筆→ 189 頁

武満 徹

たけみつ・とおる

1930-96

作曲家。東京生まれ。『時間の園丁』などエッセイも名手。代表曲に「弦楽のためのレクイエム」「ノヴェンバー・ステップス」。映画音楽も多数。

†全集→ 184 頁

太宰 治

だざい・おさむ

1909-48

小説家。青森県生まれ。いつの時代でも人気の持続する稀有の作家。玉川上水で入水自殺。主な著作に『晩年』『富嶽百景』『ヴィヨンの妻』『斜陽』。

†全集→ 216 頁

立原道造

たちはら・みちぞう

1914-39

詩人・建築家。東京生まれ。繊細で至純な音楽的響きの詩を書き、24 歳で夭折。主な著作に『萱草に寄す』『暁と夕の詩』、没後『優しき歌』。

†全集→ 64, 203 頁

谷川俊太郎

たにかわ・しゅんたろう

1931-

詩人。東京生まれ。詩作、童話、作詞、エッセイ、翻訳など多領域で活躍。主な著作に『二十億光年の孤独』『六十二のソネット』『世間知ラズ』。

†執筆→ 66 頁

谷崎潤一郎

たにざき・じゅんいちろう

1886-1965

小説家。東京生まれ。濃密で耽美な世界を追究。『源氏物語』の現代語訳にも取り組む。主な著作に『刺青』『痴人の愛』『春琴抄』『細雪』『陰翳礼讃』。

†全集→ 192 頁

田村泰次郎

たむら・たいじろう

1911-83

小説家。三重県生まれ。『肉体の悪魔』『肉体の門』により、〈肉体派作家〉と呼ばれるようになった。他の主な著作に『春婦伝』『蝗』『暁の脱走』。

†全集→ 182 頁

田村隆一

たむら・りゅういち

1923-98

詩人。東京生まれ。詩誌『荒地』に参加。英米の多数の推理小説の翻訳でも知られる。主な著作に『四千の日と夜』『緑の思想』『言葉のない世界』。

†執筆→ 68 頁

多和田葉子

たわだ・ようこ

1960-

小説家、詩人。東京生まれ。日本語とドイツ語を横断しながら創作を続ける二言語作家。主な著作に『かかとを失くして』『犬婿入り』『飛魂』。

†執筆→ 48 頁

近松秋江

ちかまつ・しゅうこう

1876-1944

小説家。岡山県生まれ。『黒髪』など〈情痴〉を描く代表的な私小説作家。主な著作に『文壇無駄話』『別れたる妻に送る手紙』『疑惑』『児病む』。

†全集→ 118 頁

筒井康隆

つつい・やすたか

1934-

小説家。大阪生まれ。常に新たな発想と実験的手法を駆使する。主な著作に『時をかける少女』『日本以外全部沈没』『虚人たち』『夢の木坂分岐点』。

†全集→ 46, 194 頁

徳田秋声

とくだ・しゅうせい

1871-1943

小説家。石川県生まれ。尾崎紅葉に師事した。自然主義文学の代表的作家。主な著作に『新世帯』『黴』『爛』『あらくれ』『仮装人物』『縮図』。

†執筆→ 72 頁

富岡多恵子

とみおか・たえこ

1935-

小説家・詩人。大阪生まれ。『返礼』など詩人として出発。評論活動も展開。主な著作に『植物祭』『冥途の家族』『西鶴の感情』『中勘助の恋』。

†執筆→ 22 頁

〈ナ行〉

永井荷風

ながい・かふう

1879-1959

小説家。東京生まれ。アメリカ、フランスに遊学。近代以前の江戸と色街を愛した。主な著作に『あめりか物語』『腕くらべ』『濹東綺譚』『断腸亭日乗』。

†全集→ 22, 100, 178 頁　†執筆→ 91 頁

永井龍男

ながい・たつお

1904-90

小説家。東京生まれ。短篇の名手として知られる。菊池寛に認められて文壇に登場。主な著作に『一個 その他』『青梅雨 その他』『コチャバンバ行き』。

†全集→ 74, 152, 256 頁

†執筆→ 26, 152, 205 頁

中里介山

なかざと・かいざん

1885-1944

小説家。神奈川（現東京）生まれ。大長篇『大菩薩峠』は約 30 年にわたって書き続けたが、未完に終わった。他の著作に『氷の花』『高野の義人』。

†全集→ 146 頁

中島 敦

なかじま・あつし

1909-42

小説家。東京生まれ。33 歳で病没。主な著作に『山月記』『文字禍』『光と風と夢』。没後に『弟子』『李陵』等が発表され高く評価された。

†全集→ 250 頁

中村真一郎

なかむら・しんいちろう

1918-97

詩人・小説家・評論家。東京生まれ。日本の古典文学から西洋文学まで該博な知識を駆使。主な著作に『死の影の下に』『四季』『蠣崎波響の生涯』。

†執筆→ 161 頁

中山義秀

なかやま・ぎしゅう

1900-69

小説家。福島県生まれ。学生時代、横光利一と同人誌を発行。東北風土に根ざした作品や歴史小説に定評がある。主な著作に『厚物咲』『碑』『咲庵』。

†全集→137頁

夏目漱石

なつめ・そうせき

1867-1916

小説家。東京生まれ。明治の大文豪。英文学者をへて、『吾輩は猫である』で作家に転身。他の主な著作に『坊っちやん』『それから』『こゝろ』『明暗』。

†全集→20, 94, 246頁

西脇順三郎

にしわき・じゅんざぶろう

1894-1982

詩人・英文学者。新潟県生まれ。シュルレアリスムの実践者であり理論的指導者。主な著作に『Ambarvalia』『旅人かへらず』『超現実主義詩論』。

†全集→200頁

丹羽文雄

にわ・ふみお

1904-2005

小説家。三重県生まれ。人間の欲望を見すえた風俗小説、仏教的小説など多作の作家。主な著作に『鮎』『厭がらせの年齢』『蛇と鳩』『親鸞』『蓮如』。

†全集→149, 205頁　†執筆→149頁

〈ハ行〉

萩原朔太郎

はぎわら・さくたろう

1886-1942

詩人。群馬県生まれ。詩集『月に吠える』『青猫』で口語自由詩を完成。詩論も深い考察。他の主な著作に『氷島』『詩の原理』『新しき欲情』。

†全集→114頁　†執筆→62頁

長谷川四郎

はせがわ・しろう

1909-87

小説家・翻訳家。北海道生まれ。シベリヤでソ連軍による捕虜生活を送る。翻訳の仕事も多い。主な著作に『シベリヤ物語』『鶴』『無名氏の手記』。

†全集→140頁

埴谷雄高

はにや・ゆたか

1909-97

小説家・評論家。台湾生まれ。形而上学的実験小説『死霊』は、執筆期間が50年に及ぶ。他の主な著作に『幻視のなかの政治』『闇のなかの黒い馬』。

†全集→144, 275頁　†執筆→266頁

樋口一葉

ひぐち・いちよう

1872-96

小説家・歌人。東京生まれ。近代以降で初の職業女性作家。24歳で肺結核により夭折。主な著作に『たけくらべ』『にごりえ』『十三夜』。

†全集→116頁

平野啓一郎

ひらの・けいいちろう

1975-

小説家。愛知県生まれ。大学在学中に雑誌『新潮』に投稿した「日蝕」でデビュー。他の主な著作に『葬送』『決

壊』『ドーン』『マチネの終わりに』。

†執筆→ 60 頁

平野 謙

ひらの・けん

1907-78

評論家。京都生まれ。〈政治と文学〉〈純文学〉〈私小説〉への問題提起で活発な論争を呼ぶ。主な著作に『島崎藤村』『政治と文学の間』『昭和文学史』。

†執筆→ 275 頁

藤沢周平

ふじさわ・しゅうへい

1927-97

小説家。山形県生まれ。描写力にすぐれた時代小説・歴史小説で名高い。主な著作に『暗殺の年輪』『隠し剣孤影抄』『用心棒日月抄』『蝉しぐれ』。

†全集→ 30 頁

二葉亭四迷

ふたばてい・しめい

1864-1909

小説家・翻訳家。江戸生まれ。言文一致体の『浮雲』で近代小説の先駆者となった。ツルゲーネフの翻訳等もある。他の主な著作に『其面影』『平凡』。

†全集→ 72 頁

アナトオル・フランス

Anatole France

1844-1924

フランスの小説家・批評家。パリ生まれ。1921 年ノーベル文学賞受賞。主な著作に『シルヴェストル・ボナールの罪』『神々は渇く』『文学生活』。

†全集→ 166 頁

古井由吉

ふるい・よしきち

1937-

小説家。東京生まれ。重層的で濃密な文体で知られる。ムージルの優れた翻訳もある。主な著作に『杳子』『栖』『槿』『仮往生伝試文』『白髪の唄』。

†執筆→ 252 頁

マルセル・プルースト

Marcel Proust

1871-1922

フランスの小説家。パリ生まれ。『失われた時を求めて』は、20 世紀文学の至高の小説。他の主な著作に『楽しみと日々』『ジャン・サントゥイユ』。

†全集→ 161 頁

ギュスターヴ・フローベール

Gustave Flaubert

1821-80

フランスの小説家。ルーアン生まれ。『ボヴァリー夫人』は、フランス近代小説の代表作。他の主な著作に『感情教育』『聖アントワーヌの誘惑』。

†全集→ 158 頁

ヘルマン・ヘッセ

Hermann Hesse

1877-1962

ドイツの詩人・小説家。カルフ生まれ。第一次世界大戦での非戦論によりスイス国籍。1946 年ノーベル文学賞受賞。主な著作に『車輪の下』『デミアン』。

†全集→ 176 頁

堀 辰雄

ほり・たつお

1904-53

小説家。東京生まれ。心理小説から詩情豊かな作品、王朝風ロマンまで作風は幅広い。主な著作『聖家族』『美しい村』『風立ちぬ』『かげろふの日記』。

†全集→135頁

〈マ行〉

牧野信一

まきの・しんいち

1896-1936

小説家。神奈川県生まれ。小田原近郊に古代ギリシャを重ねた特異な幻想文学で知られる。主な著作に『爪』『父を売る子』『ゼーロン』『鬼涙村』。

†全集→131頁

松谷みよ子

まつたに・みよこ

1926-2015

児童文学作家・民話研究家。東京生まれ。児童文学へ新しい地平をひらき、現代民話の採集にも貢献。主な著作に『貝になった子ども』『龍の子太郎』。

†執筆→207頁

丸谷才一

まるや・さいいち

1925-2012

小説家・英文学者。山形県生まれ。小説、評論、エッセイ、翻訳と多彩な仕事を残す。主な著作に『年の残り』『エホバの顔を避けて』『後鳥羽院』。

†執筆→58, 125, 244頁

三島由紀夫

みしま・ゆきお

1925-70

小説家・劇作家。東京生まれ。1970年割腹自殺。古典的様式美と耽美に殉じた。主な著作に『仮面の告白』『金閣寺』『サド侯爵夫人』『豊饒の海』。

†全集→60頁

三井嫩子

みつい・ふたばこ

1918-90

童話作家・詩人。東京生まれ。父・西条八十と詩誌『ポエトロア』を発行。父の作品の編纂や評伝執筆に力を尽くす。主な著作に『後半球』『空気の痣』。

†執筆→281頁

南方熊楠

みなかた・くまぐす

1867-1941

植物学者・民俗学者。和歌山県生まれ。大英博物館で研究後、熊野山中の粘菌類を研究。博覧強記の人。主な著作に『南方閑話』『南方随筆』『十二支考』。

†全集→123頁

村上春樹

むらかみ・はるき

1949-

小説家。京都生まれ。アメリカ文学の訳書も多数。作品は各国語翻訳されている。主な著作に『ノルウェイの森』『ねじまき鳥クロニクル』『1Q84』。

†執筆→36頁

村上 龍

むらかみ・りゅう

1952-

小説家。長崎県生まれ。現代社会の風俗に鋭い感性で向き合う。主な著作に『限りなく透明に近いブルー』『コインロッカー・ベイビーズ』『半島を出よ』。

†執筆→ 43 頁

群 ようこ

むれ・ようこ

1954-

小説家・エッセイスト。東京生まれ。日常生活への柔軟な眼差しと軽妙な語り口に定評。主な著作に『午前零時の玄米パン』『かもめ食堂』『れんげ荘』。

†執筆→ 232 頁

室生犀星

むろう・さいせい

1889-1962

詩人・小説家。石川県生まれ。複雑な出生と長い労苦の末、『愛の詩集』で詩人として出発。他の主な著作に『あにいもうと』『杏つ子』『蜜のあはれ』。

†全集→ 107 頁

ノーマン・メイラー

Norman Mailer

1923-2007

アメリカのユダヤ系作家。ニュージャージー州生まれ。旺盛な時代への関心が、各作品に反映している。主な著作に『裸者と死者』『アメリカの夢』。

†全集→ 174 頁

森 敦

もり・あつし

1912-89

小説家。長崎県生まれ。横光利一に師事。62 歳のとき『月山』で芥川賞を受ける。他の主な著作に『鳥海山』『浄土』『われ逝くもののごとく』。

†執筆→ 242 頁

森 鷗外

もり・おうがい

1862-1922

小説家。島根県生まれ。明治の文豪。若き日ドイツへ留学。軍医をしつつ作家活動を続ける。主な著作に『舞姫』『青年』『雁』『阿部一族』『高瀬舟』。

†全集→ 91, 244 頁

〈ヤ行〉

八木義徳

やぎ・よしのり

1911-99

小説家。北海道生まれ。私小説作家。横光利一に師事。東京大空襲で妻子を失う。主な著作に『劉広福』『母子鎮魂』『摩周湖』『私のソーニャ』『風祭』。

†執筆→ 137 頁

安岡章太郎

やすおか・しょうたろう

1920-2013

小説家。高知県生まれ。「悪い仲間」と「陰気な愉しみ」と合わせて芥川賞受賞という珍しい例。他の主な著作に『海辺の光景』『流離譚』『鏡川』。

†執筆→ 77, 104, 238, 272 頁

柳田國男

やなぎた・くにお

1875-1962

民俗学者。兵庫県生まれ。日本民俗学を開く。岩手県遠野の民譚の聞き書き『遠野物語』は記念碑的一書。他の主な著作に『蝸牛考』『桃太郎の誕生』。

†全集→ 207 頁　†執筆→ 166 頁

山川方夫

やまかわ・まさお

1930-65

小説家。東京生まれ。才能を期待されながら、34歳で交通事故死。ショートショートの名手でもあった。主な著作に『海岸公園』『愛のごとく』。

†全集→ 104, 196, 232 頁

山崎正和

やまざき・まさかず

1934-

劇作家・評論家。京都生まれ。社会批評の論客としても知られる。主な著作に『世阿彌』『オイディプス昇天』『劇的なる日本人』『不機嫌の時代』。

†全集→ 40, 109 頁

山田風太郎

やまだ・ふうたろう

1922-2001

小説家。兵庫県生まれ。『甲賀忍法帖』などで忍法ブームを起こした。奔放自在な作風で知られる。他の主な著作に『虚像淫楽』『戦中派不戦日記』。

†執筆→ 20 頁

山本周五郎

やまもと・しゅうごろう

1903-67

小説家。山梨県生まれ。権威を嫌いすべての文学賞を固辞した。主な著作に『日本婦道記』『樅ノ木は残った』『赤ひげ診療譚』『青べか物語』。

†全集→ 236 頁

山本有三

やまもと・ゆうぞう

1887-1974

劇作家・小説家。栃木県生まれ。戦後、参議院議員として国語の新表記問題にも関わる。主な著作に『嬰児殺し』『女の一生』『真実一路』『路傍の石』。

†執筆→ 88 頁

夢野久作

ゆめの・きゅうさく

1889-1936

小説家。福岡県生まれ。奇書『ドグラ・マグラ』で名高い幻想怪奇作家。刊行の翌年に死去。他の主な著作に『瓶詰地獄』『氷の涯』『押絵の奇蹟』。

†全集→ 180 頁

横光利一

よこみつ・りいち

1898-1947

小説家。福島県生まれ。新感覚派の中心作家。先駆的実験を試みる表現技法が大きな影響力を持った。主な著作に『日輪』『蠅』『上海』『機械』『旅愁』。

†全集→ 242 頁　†執筆→ 248 頁

与謝蕪村

よさ・ぶそん

1716-83

江戸中期の俳人・文人・画家。主な著作に『新花摘』『夜半楽』。画の代表作に池大雅との合作『十便十宜画帖』があり、画俳ともに大成者となった。

†全集→ 102 頁

吉田健一

よしだ・けんいち

1912-77

批評家・小説家。東京生まれ。首相吉田茂の長男。西欧文学の深い教養を素地に広く文学活動を展開。主な著作に

『ヨオロツパの世紀末』『瓦礫の中』。

†全集→ 26, 125, 268 頁

吉田秀和

よしだ・ひでかず

1913-2012

音楽評論家・エッセイスト。東京生まれ。芸術への比類ない洞察と筆力による批評活動。主な著作に『モーツァルト』『音楽展望』『ソロモンの歌』。

†執筆→ 140 頁

吉本隆明

よしもと・たかあき

1924-2012

詩人・評論家。東京生まれ。時代への根源的思考を持続させた思想実践は広範な影響力を持つ。主な著作に『共同幻想論』『最後の親鸞』『悲劇の解読』。

†全集→ 80, 214, 279 頁

†執筆→ 70, 277 頁

吉本ばなな

よしもと・ばなな

1964-

小説家。東京生まれ。吉本隆明の次女。姉は漫画家のハルノ宵子。とりわけイタリアでの評価が高い。主な著作に『キッチン』『TUGUMI』『アムリタ』。

†執筆→ 80 頁

吉行淳之介

よしゆき・じゅんのすけ

1924-94

小説家。岡山県生まれ。性愛を通して人間存在の関係性に潜む深淵に迫った。主な著作に『驟雨』『娼婦の部屋』『砂の上の植物群』『暗室』『夕暮まで』。

†全集→ 36 頁　†執筆→ 114 頁

淀川長治

よどがわ・ながはる

1909-98

映画評論家。兵庫県生まれ。映画への愛と細部への鋭い批評、平易な語り口で人気を博す。主な著作に『映画散策』『淀長映画館』『淀川長治自伝』。

†執筆→ 187 頁

〈ワ行〉

オスカー・ワイルド

Oscar Wilde

1854-1900

イギリスの小説家・劇作家。アイルランド生まれ。イギリス世紀末のデカダンスの美学を体現。主な著作に『ドリアン・グレイの肖像』『サロメ』。

†全集→ 169 頁

中村邦生

なかむら・くにお

作家。1946年東京生まれ。都市出版社（旧）編集部勤務を経て、立教大学大学院修士課程修了、博士課程満期退学（英米文学専攻）。大東文化大学文学部で比較文学、英米文学、文章制作法などを担当して退職。現在は同大学の名誉教授。小島信夫の作品集成・全26巻（水声社）の編集委員。

主な著作

『月の川を渡る』（芥川賞候補作「ドッグウォーカー」収録、作品社）

『風の消息、それぞれの』（芥川賞候補作「森への招待」収録、作品社）

『チェーホフの夜』（『文學界』新人賞受賞作「冗談関係のメモリアル」収録、水声社）

『転落譚』（水声社）

『風の湧くところ』（風濤社）

『〈つまずき〉の事典』（大修館書店）

『〈虚言〉の領域——反人生処方としての文学』（ミネルヴァ書房）

『書き出しは誘惑する』（岩波書店）

『生の深みを覗く』（編著、岩波書店）

『この愛のゆくえ』（編著、岩波書店）

推薦文、作家による作家の

全集内容見本は名文の宝庫

2018 年 11 月 1 日初版第 1 刷発行
編者　中村邦生
発行者　高橋 栄
発行所　風濤社
〒 113-0033 東京都文京区本郷 3-17-13 本郷タナベビル 4F
Tel. 03-3813-3421　Fax. 03-3813-3422
装幀　宗利淳一
印刷・製本　中央精版印刷

printed in Japan
ISBN978-4-89219-452-8